智能风暴

INTELLIGENCE STORM

蔡啸 著

朝華出版社
BLOSSOM PRESS

图书在版编目（CIP）数据

智能风暴 / 蔡啸著. -- 北京 : 朝华出版社, 2024. 12. -- ISBN 978-7-5054-5537-5

Ⅰ. I247.5

中国国家版本馆CIP数据核字第2024KL6922号

智能风暴

蔡 啸 著

责任编辑 韩丽群
责任印制 陆竞赢 訾 坤
装帧设计 杜 帅
排版设计 愚人码字
出版发行 朝华出版社
社 址 北京市西城区百万庄大街24号 邮政编码 100037
订购电话 （010）68995509
联系版权 zhbq@cicg.org.cn
网 址 http://zhcb. cicg.org.cn
印 刷 北京盛通印刷股份有限公司
经 销 全国新华书店
开 本 880mm × 1230mm 1/32 字 数 216千字
印 张 7.75
版 次 2024年12月第1版 2024年12月第1次印刷
装 别 平
书 号 ISBN 978-7-5054-5537-5
定 价 59.00元

序

蔡啸博士的夫人吴娜是我多年的好友，很荣幸借此机会成为蔡博士新作《智能风暴》最早的读者之一，快速读完这本不算太长也不算太短的故事。作为一名在人工智能领域工作了三十年的科研人员，很开心看到这样一本书，来直面这个时代，直面我们的未来。

故事讲述了一个北京的男人穿越时空的艰难回家之旅，故事跨越上万年，沧海桑田，人类文明历经磨难早已物是人非。在一连串跌宕起伏的故事情节中，隐含着很多深刻的思考。小说通过一系列充满张力的叙述和丰富的科技元素，构建了一个既奇异又真实的未来世界。这个世界似乎遥远、陌生，却又似曾相识，让人不禁深思，世界是否真的会转变为小说中描述的模样。

人类文明多少次站在转折点，惊慌、灾难和希望并存，幸运或不幸，我们今天正在经历和塑造这样一个转折，这样一场智能的风暴，你我已经身处其中。一本好的小说，常常是一个社会实验，在这个实验里作者用放大镜、望远镜、显微镜来让我们极致地感受风暴中人性和技术的互相颠覆、带来的混乱、彼此的相融相生。这本书便是这样，作者在小说里更给予了读者探索的空间和希望。

“也是跟小天连接，他才有了对抗命运的力量。”希望 AI 真的能让我们每个个体生命在未来能有对抗命运的力量，让我们从预编码的命运中获得终极的自由。

《智能风暴》是一本科幻小说，更是一面镜子，折射出我们面对智能时代时的种种期待、担忧，以及我们对现实的平凡生活的眷念。

中国移动通信集团首席科学家
中国人工智能产业发展联盟副理事长
国际电气与电子工程协会会士（IEEE Fellow）
冯俊兰

目 录

目录

目录

1 引子

阴沉的天空下，是一望无际的草原。

一片破败的帐篷，地上一片狼藉，散落着三三两两的尸体。尸体有的穿着兽皮衣，有的穿着麻布的衣服，大多已经腐烂了，有的已经被野兽啃成了白骨，还有一群秃鹫在啃食着腐肉。

一群同样装扮的士兵，或扛着长矛，或背着弓箭急忙冲上前去，将秃鹫驱赶走，眼前的惨状让众人不忍直视。

“这帮畜生！”一个须发皆白、虎背熊腰的老者跳下马来，牙咬得咔咔响，狠狠跺了跺脚，“把他们好生掩埋了。”

“真他妈不是人……”一个一头长发、身材结实的中年男子被面前的情景惊呆了。他的左脸有一道浅浅的伤疤，眼中喷着怒火。

成堆的遗体都被埋进一个大坑中，偌大的坟坑前，众人垂着头，默默无语，脸上满是怒容，整个场面很是压抑，只有偶尔响起的几声马嘶。

哐哐哐哐……远方响起了一阵急促的锣声，老者回头一望，一咬牙：“干！”

众人翻身上马，急速向森林方向退去。

一阵嗡嗡嗡的声音由远及近而来，几十个直径半尺左右的黑色圆盘向骑马的众人飞来，边缘的锯齿旋转着。

十几个方头方脑、油漆斑驳的机器人逆着骑兵队缓缓从丛林中走出，向草原开去。

“准备！”疤脸中年男子大喝一声，与众人纵马隐入丛林，而圆盘亦快速逼近，从天空中俯冲下来。

疤脸勒住缰绳，策马回头走近丛林边缘，一声喊：“放！”

一排五十名弓箭手整齐排在丛林边缘，搭弓射箭，嗖嗖的一阵箭雨射出，顿时有几个圆盘被箭矢撞到偏离了航向，有两个被射了个正着，掉到了地上，原地转着圈，飞不动了。

几十个圆盘围住了机器人，在上面切来切去，有的锯齿被机器人切掉了，有的切开了机器人薄弱的侧面，电线漏了出来，机器人刺刺响着闪着电光在那里打转。

“再放。”后排又有五十名弓箭手箭雨射出，又射落三个圆盘。先前射箭的人已经重新拿出箭矢，准备再射出一批。

然而，圆盘群瞬间已经来到了眼前，直奔弓箭手脖颈而去，在弓箭手脖子的铁套上迸出火花，但无法伤及弓箭手。

而圆盘似乎也明白了铁套的作用，直接开始切割弓箭手的脸部、胸口和肚子，顿时血肉横飞、惨叫连连，二十多名弓箭手瞬间被放倒，有的半边脸没了，有的肚子被切开，肠子流了一地。

众人纷纷往丛林深处撤退，一路上不少人被追上放倒在地，用最后的力气，挥舞着手中的弓与圆盘做最后的搏斗。

行至林中一片空旷地，突然一张大网从天而降，将几十个圆盘笼罩其中，拽到了地上，一大群手持长矛和斧头的人从四面八方呐喊着杀将过来，冲向地上的圆盘。

几个圆盘继续旋转着，用锯齿割开了网兜飞了出来，更多的被蜂拥的人群猛砸猛刺，变了形状，颤抖着飞不起来了。

而剩余的几十个圆盘仍在空中盘旋着，不断瞅准时机切割人的身体。

白发老者大吼一声，冲上前去，用偌大的铁斧一斧劈掉一个迎面飞来的圆盘。

一时间，从林里枝叶乱飞，杀声震天，不时有箭矢飞舞，一个个圆盘被敲落在地，一个接一个的战士倒在了地上。

2 生计

2015 年 7 月 5 日。

北京。

四环边一座高大的现代化写字楼里，楼顶的红色标牌是六个大字："恒通国际物流"。

刘远伫立在办公室的落地窗前，目光穿过玻璃，盯着楼下川流不息的车流，托着下巴思索着。外面酷暑难耐，空气中热浪滚滚，幕墙内的刘远却感受不到热意。

他约莫三十多岁，轮廓分明的脸上，眼神是沉稳的，眉头紧皱着。外面的车流声他几乎听不见，但他仿佛仍要从这微弱的声响中找出头绪来。

一个身穿衬衣西裤、精干帅气的小伙子疾步穿过偌大的办公区，走过一个个工位，来到写着"风险合规部总经理"的办公室门口，敲了敲门。

"进来。"刘远回过头看了看门口。

小伙子打开门，额头上还有细密的汗珠，边说话边走向刘远："刘总，找到他了，现在就在仓库那边，咱们……"

刘远面色一紧，"走！马上去！"

"赵新，他的资产现在是什么情况？"刘远和小伙子急急地穿过办公区，走向电梯旁。赵新紧走几步按下了电梯按钮。

“听他手下的伙计讲，汪总已经把名下的房子过户给了他岳母，看来有转移财产的可能。”赵新眉头紧皱，焦虑溢于言表。

“唉，真没想到他会落到这步田地……”刘远摇了摇头，一脸痛惜，“一个风光的老板，从呼朋唤友、纸醉金迷，到欠一屁股债，也只需要个把月的时间。”

“电梯来了，刘总。”赵新按住电梯按钮，让刘远先进去。

“真是想不到，汪总把他们公司的资产都抵押出去贷了款，还用证券账户加了杠杆融资，全都投进了股市。我听说，他投了快一个亿，想要干笔大的。”

“这他娘的就叫孤注一掷啊，就最近股市这动不动千股跌停的，他还加了杠杆，怕是渣都不剩了。欠我们的一千万，能要回多少，就看咱俩了。”刘远叹了口气，低头看了看自己的皮鞋。

二人疾步走出电梯，从大堂往外走。“公司的车都派出了，咱走得匆忙也没预约，我打个车吧。”

刘远点点头，赵新赶忙到道路边拦下一辆出租车，打开车门让刘远进去，自己才坐到了副驾驶位。

烈日当空，宽阔的大路上无数的汽车首尾相接，在缓慢地蠕动着。

“赵新，老板今天专门把我叫过去说了这事，咱们集团看着营业额几十亿，其实利润很微薄，这一笔咱可得盯紧了。”

“知道的，刘总。我跟他一个伙计挺熟，听他说汪总在北京郊区还有一处房产，说是给他父母准备的，咱去踅摸一下。”

“嗯，咱跟他好好商量，都打了这么多年的交道了，老朋友了，现在这个形势啊，也不知道他还欠别人多少钱，能赶紧还咱们的，打个八折也行啊。租给他那么大仓库，就不赚他钱了，不赔太多就行。”

“我觉得汪总倒不是坏人，如果有钱的话应该会给这个面子的吧。”

“人心难测啊，平时嘻嘻哈哈跟咱们一起喝酒吃饭，到了关键时刻谈钱了，谁都不好使，你还年轻。要不然他也不会东躲西藏连我们电话也不接。”刘远苦笑一声，眉头一紧，心中忐忑不安。

“财经消息为您持续报道。”出租车广播中传来主持人带着磁性的女中音，“截至今天下午收盘，S综指下跌百分之六点九，SZ指数跌百分之七点六，两市仅有三只股票上涨，一千四百二十五只股票跌停，这已经是近期市场第三次出现千股跌停，尽管有关方面已经下场救市，但市场信心依然低迷……”

“唉，这股市真愁人。我这存的十万块血汗钱投里面，本来还赚了五万的，现在本钱也只剩一半了，咋整？”赵新转头看了看刘远，不禁摇了摇头，“刘总，您的股票咋样了？”

“别提了。”刘远一阵烦躁，闭上眼睛用手捏了捏额头，“师傅，麻烦您把广播关了行吗？”

“哦，哦。”出租车司机连忙关掉了广播。

出租车离开了喧闹的都市，驶向了树荫密布的柏油马路，窗外的景色让车内三人感觉凉爽了许多。终于，车开进了一个遍布着大型仓库的开发区门口，停在了一座仓库边上。

两人下了车，疾步走到仓库门口，四处查看着。

仓库的大门紧闭着，没有人影，地上散落着布条、编织袋、水泥袋等各种杂物，仿佛刚刚经历一场匆忙的搬迁，还没来得及收拾。

“人呢？”刘远诧异地问。

“确实是说在这儿的，怎么……”

远处忽然传来一阵喧闹声，几百米外的六层办公楼鹤立鸡群般杵在一大片仓库中间，楼顶上依稀有一个人影晃动。

“去看看。”刘远努了努嘴，两人快步绕过一个个仓库，前方的人声越来越大，夹杂着辱骂、劝说和哭喊，也不知道发生了什么。

两人很快来到了办公楼前。抬眼望去，一个身形发福的中年男子，站在楼顶天台的边缘激动地挥舞着双手喊叫着。

而楼底下已经聚集了男男女女三四十人，抬头向楼顶张望着。有的工人戴着安全帽，喊着："汪总，你千万别跳，先把我们工资结了……"

"汪总，你千万别想不开，欠我们的钱慢慢还，人没了就什么都没了！"一个中年男人手搭凉棚，焦急地对着楼顶的人喊道。

待到走近，刘远才逐渐看清楼顶的人。从身形和声音看，站在楼顶边缘的，极有可能就是汪立！刘远心下一惊，与赵新对视一眼，赶紧凑前几步手搭凉棚抬头想看个真切。

"慢什么慢？！"一个微胖的中年女人几乎要跳起来，炸雷般的声音响彻四周，"我这钱也是跟别人借的，汪立你跟我说好的炒股赚了钱分我，咱这都有字据的，你想一死了之，没门儿！"

果然是他！刘远的心头猛地一紧，眉头都能拧出水来了，赶紧大声冲楼上喊道："老汪啊，我是刘远啊，你千万别想不开啊，多大点事啊，咱下来商量。"

楼顶的汪立顺着声音在人群中看到了刘远，沮丧地摇了摇头，捶胸顿足地对楼下喊着："刘总啊，你也来了呀，欠你们的钱怕是只能下辈子还了，我这没路走了啊，兄弟我对不住了！"

"钱的事咱、咱不着急还，这么多年的交情我信得过你，老汪你先下来，下来咱们再商量，站那么高干什么……"刘远心急如焚，他不明白，做了这么多年的生意，汪立怎么一下子就走到这一步了？

"你的钱不着急，我的可着急！"说话间，一个光头花臂、脖子上挂着手指粗金链子的络腮胡大汉推开众人，走到了人群的前排，后面跟着五六个满脸横肉、杀气腾腾的汉子。

"姓汪的，你别给我演这出苦肉计了！"络腮胡眼睛瞪得溜圆，向着楼顶唾沫横飞地呼喝着，“你以为我找不到你吗？告诉你，就算你敢跳，你老婆孩子也得替你还债！”

“胜哥，不是我不还你，我现在是真没钱啊……”

“少给我来这套……”络腮胡冲着楼顶怒喝着，让刘远的心都提到了嗓子眼。

“兄弟，咱先别激着他，别他真跳了。”刘远不禁拉了拉络腮胡。

“你谁啊？！”络腮胡扭过头来上下打量了一下刘远。

“我是恒通国际物流法务部的总经理，我叫刘远……”

“也是来要债的吧？！站一边凉快去，我们的得先还！！”络腮胡说着话推了一把刘远。刘远一时急火攻心，脸色涨得通红，正要往前冲，却被赵新赶紧一把拉了回来。

“汪立啊！你干吗啊！”一个披头散发的中年女人推开人群，哭喊着向前跑去，后面跟着一大一小两个男孩，大的约莫十一二岁，小的才五六岁。

“你快下来啊，你真的要抛下我们孤儿寡母不管了吗？”

楼顶的汪立顿时愣在了当场，继而焦急地呼喊道：“老婆你来这里干什么啊？你赶紧回去啊！快回去啊……”

“我回去，没了你我们怎么过啊！”

“你不用管我，我替你安排好了，你别管我！快走！”汪立在楼顶捶胸顿足。

“老汪啊，咱们夫妻这么多年，我跟你吃过那么多苦，不都过来了吗，有什么过不去的啊！”女人还在哭喊着，“难道你就不顾我们这么多年夫妻之情，还有你的两个儿子了吗？！”

“老婆，我真的没有办法，能想的办法都想了……”

络腮胡脸色一沉，快步走上前去按住了女人的肩膀，“汪总啊，你也看到了，你老婆也舍不得你，就赶紧下来还钱吧，否则，我可保证不了你老婆孩子的安全，说不定哪天他们就迷路找不到了！”

“你，你们这帮混蛋！我警告你别动我老婆孩子，否则我做鬼也不会放过你们！”汪立目眦尽裂，急得直跺脚。

“是吗，汪总我好怕啊！”络腮胡狰狞一笑，手上一用力，女人疼得啊地叫了出来。

汪立顿时血气上头，竟向前迈了一步，脚下一空，从楼上栽了下来。

“啊——”

砰——

随着肉体撞击水泥地面的一声闷响，众人不禁惊呆了。刘远一时无法相信眼前发生的一切，只感觉脑袋一片空白。

半晌，女人凄厉地呼号着扑向了地上的汪立。几个胆大的人凑上前查看，地上满是红色的血液和白色的脑浆。

汪立只是抽搐了几下，就再也不动了。

络腮胡一时也被惊得张大了嘴，但他迅速反应过来，吩咐手下抓住汪立的两个儿子就要走，刘远一看赶紧把他们和孩子拉开，“你们要干什么，抓小孩是犯法的！”

“多管闲事！”络腮胡众人硬是把刘远推开，但刘远依然固执地往前冲，而赵新也赶紧上前劝说，几个人推搡在一起，夹杂着孩子的哭叫声。

几个回合下来，刘远的衬衣已经被扯开了，脸上身上已经挨了好几拳，而赵新的皮鞋已经被人踩掉了。两人一人一个死死抱住小孩，不让络腮胡一伙拉走。

呜——呜——凄厉的警笛声越来越近，开到人群前一个急刹车，从里面跑出来几个警察。

络腮胡终于松开了小孩，狠狠地瞪着刘远，用手指了指他，重重点了点头。

小孩哭着跑向了警察，刘远心下略宽，长长出了口气，整了整破了洞、掉了扣子的衣服。而赵新也终于找到了自己的皮鞋，穿在了脚上，捡起了掉在地上的公文包。

不一会儿，救护车来了，简单检查一下之后，给汪立盖上了白布，抬上了车。女人凄厉地呼号着，被一名女警拉着，和两个孩子一起，上了一辆警车。

背对着人群，刘远哆嗦着手从裤兜里拿出一盒“中华”，自己叼上一支，又递给赵新一支。

赵新忙从兜里掏出火机，给刘远点上，又给自己点着。

“刘总，咱们怎么办啊……”

“嗯……”刘远吐出一长串烟圈，闭上眼紧紧皱着眉头，“赶紧打电话给方律师，马上起诉，申请法院做财产保全，汪立的账户里估计已经没有钱了，冻结他的房产，一定要快，法院就快下班了，晚了就来不及了。后面的脏活累活，就交给方律师他们吧……”

“明白的，诉状已经准备好了，我让方律师赶紧办，他们律所就在法院边上。”

“喂，方律师，我小赵……对……就是现在……”

“唉……”刘远扭头看着远去的警车和救护车，还有逐渐消散的人群，有一种极不真实的感觉。只有在看向地上那片红的白的掺杂在一起的污渍时，他才能真切地感受到刚才发生的惨剧。

这到底是怎么回事，怎么就到了这一步呢？刘远狠狠吸了一口烟，在烟雾中陷入了沉思。

“刘总，方律师那边已经赶过去了，咱们现在怎么办？”

“回去复命。”刘远掐灭了烟头，掷到了地上，“董事长还在等着我们呢。”

3 生活

宽敞明亮的办公室里，姜阳拿起一个精致的茶壶，倒了一杯清茶，放在鼻子边轻轻嗅了嗅，然后抿了一口。

他六十多岁，脸上沟壑纵横，剩余不多的头发梳成大背头，穿着丝绸唐装，颇具大佬气质。

砰砰砰！

“进来。”

刘远推开门快速走进屋子。

看着刘远脸上的淤青，姜阳愣了一下，“你这是怎么了？”

“没事，董事长，现场出了点状况，赶紧给您汇报来了……”

“那个汪立怎么样了？你跟他们打起来了？”姜阳停住了手里的茶壶，诧异地看着刘远。

刘远气喘吁吁坐到了姜阳对面，抹了一把脸上的汗：“董事长……汪立跳楼自杀了……”

“什么？！哪来的消息？”姜阳眼睛瞪得老大，一副难以置信的样子。

“我和赵新亲眼看见他跳的，救护车来了，盖上白布抬走了……”

“哦……”姜阳缓缓放下茶壶，眉头皱得老高，似乎在思索什么。

“我们已经让方律师赶紧起诉，冻结汪立的财产……”刘远连忙补上一句。

“嗯……”姜阳两手摊在了老板椅的扶手上，拍了两下，“这个汪立啊，看来真的有点不稳哪。你们之前就没看出来?

“之前那个项目，我就有点担心，一千多万的金额，才给我们这么点预付款，我让你们审查了他的资质的。我刚听老邢说，还是你们楚阳的老乡？”

“是的，他是我们的老客户了……我们……”刘远本来已经消退的汗珠，重又涌上了额头。

“唉，这人哪，就毁在一个贪字。”姜阳叹了口气，重又拿起来茶壶，给自己倒了一杯茶。

“刘远啊，其实我对你是寄予厚望的，才会这么信任你，只要是你看过的项目，我一般不怎么管，也是想让你历练一下。”

“谢谢董事长栽培。”刘远恭恭敬敬地垂着头。

“我的那些个老伙计你也知道，没什么水平，没什么文化，有的现在不仅帮不上忙，还喜欢搞事。当年他们跟我一起打江山，把公司干到了上市，我不能亏待他们，但是……”姜阳又品了一口茶，“我也六十多了，也想轻松一点，退休享享清福，可是我那宝贝儿子不愿意像我这么累这么受罪，要自己玩，你说这，我就得指望以后你们这些有本事的人担起来啊……”

姜阳恳切地望着刘远，眼神中充满了期待。

“我，我一定会努力的，也不知道能不能达到董事长的期望。”刘远有些局促。

“那你就先帮我把这个事办好，一千万不是小数目，没了就是损失的纯利润哪，公司的股价该跌多少啊，啊？”

“我知道的，董事长。”刘远再次擦了擦额头上的汗，“我会想办法尽可能多地要回来……”

“行了，你赶紧先去忙吧，记住，不容有失啊！”姜阳用手指轻轻点了点桌面，目光炯炯地看着刘远。

走出了姜阳的办公室，刘远轻轻带上了门，长长地呼出一口气。尽管空调开得很大，刘远依然汗流浃背。

突然，刘远想起了什么，猛地看了一眼手表，快步走了出去。

一辆白色轿车驶入一个老小区，停在车位上。刘远打开车门后，抱着一个树袋熊玩偶下得车来。

匆匆走上一层层楼梯，刘远来到一扇棕色的防盗门前，收拾了一下心情，掏出钥匙打开了门。

“爸爸！”萌萌从沙发上跳起来，一路跑过来兴奋地扑进他的怀里，小手紧紧环绕着他的脖子。

“哎，我的乖萌萌……”刘远放下树袋熊，抱起了女儿，脸上乐开了花，在她包子一样鼓鼓囊囊的小脸上一顿亲。

温婉知性的张莉戴着细框眼镜，笑吟吟地走过来，看到刘远脸上的淤青，不禁愣了愣，关切地摸了摸，“这是怎么了？”

“没事，去要债发生了点小纠纷。”

“你小心点啊，拖家带口的。”张莉轻轻拍了拍刘远的肩膀，嗔怪着，白净姣好的面庞上露出一丝担忧，“我帮你拿点药油涂上。”

“不用了，大老爷们儿的这算啥。”刘远一脸笑意，频频用嘴亲着萌萌的脸蛋子，抱着她在屋里欢快地转着圈。

“吃蛋糕了……”屋子里走出来一男一女两位老人，将蛋糕放在了客厅的餐桌上，插上了五根彩色的蜡烛。

“哎呀，一眨眼，咱萌萌都五岁了。”

姥姥姥爷给萌萌戴上了生日帽，灯突然灭了，一家人拍着手，喜气洋洋地唱起了生日歌。

“祝你生日快乐，祝你生日快乐……”

萌萌吹灭了蜡烛，在蛋糕前闭上了眼睛，两只眼睛笑得弯弯的，睫毛长长的，穿着小小的百褶裙，像一个小天使，让刘远的心都要化了，禁不住在旁边张莉的脸蛋子上亲了一口。

“咦……”张莉嗔笑着擦了擦脸，一边的父母反而乐开了花。

萌萌终于睁开了眼睛，开心地说：“我许愿了，我要爸爸妈妈以后每次生日都跟我一起吃蛋糕……”

“哎，萌萌许愿不要说出来，说出来就不灵了……”张莉嗔怪地说。

“啥灵不灵的，来吃蛋糕啰……”萌萌早已迫不及待地把嘴直接伸向蛋糕，脸上已经全是奶油，惹得众人哈哈大笑。

入夜，张莉躺在刘远的胸口，有一搭没一搭地说着话。

“真没想到，汪总居然走了这条路，他老婆孩子怎么办哪。”

“太突然了，人哪，真是太脆弱了，今天风光，明天就可能一无所有，真的是……”

“那你跟方治国说了没？”

“说了，他对他这表舅本身没啥好感，平时没啥来往，现在人没了，他也不想去管。”

“那咱们股票赔了多少了？”

“赔得不多。”刘远眉头一皱，“进去的三十来万，赔了十多万吧。”

“啥？！”张莉不由得坐了起来，“这还不多？咱也没多少钱啊，这学区房的房贷还没还完呢。”

“没事，钱咱还可以赚……”

“我说远啊，你可不能赔了想不开啊……”张莉又用担忧的眼神看着刘远，摇了摇他的胳膊。

“哪能呢，我怎么舍得你和萌萌呢，生活多么美好。”说话间刘远把张莉揽在怀里，看着她秀丽的面容，不禁吻了下去，“咱们现在就快活快活。”

吱！房门被推开了，萌萌穿着睡衣，抱着树袋熊站在门口。

“爸爸，你给我讲故事哄我睡觉，我睡不着。”

刘远只得放下了怀里的张莉，下床抱起萌萌走进了她的房间，把她放在小床上，躺在她旁边。

“爸爸，我要你讲你自己编的故事，书上的故事我都看过了……”

“好啊，爸爸给你讲啊……”刘远轻轻拍着萌萌的后背，用尽量慵懒的语调讲故事，想让萌萌尽快入睡。

“一个周末的中午啊，明明和红红跟爸爸妈妈一起来到森林公园玩……”

“爸爸，这个故事昨天你都讲过了，突然天上一道闪电，明明和红红穿越到了沙雕国……”

“不是的。”刘远微笑着拍着萌萌的背，“是两道闪电劈到了地上，爸爸妈妈穿越到了沙雕国，明明和红红还在森林公园……”

“爸爸，你会一直给我讲故事哄我睡觉吗？”

“当然会了，萌萌这么乖……”

慢慢地，萌萌终于进入了梦乡。刘远蹑手蹑脚回到了自己房间，关上了门，看到躺在床上的张莉，嬉笑着扑了上去。

张莉把手指竖在嘴边，轻轻说道：“嘘，你小声点，别让萌萌听到。”

刘远翻身把她压在下面，邪魅一笑：“我怕一会儿要小声点的，是你！”

傍晚时分的天安门广场，气温已经降下来了，有些许凉意，人流熙熙攘攘，暑假来旅游的孩子们都是一脸欢欣，蹦蹦跳跳。刘远与妻女在广场徜徉，脸上洋溢着笑意。

高大的人民英雄纪念碑下，萌萌一脸懵懂地问刘远：“爸爸，为什么有这么高的石头竖在这里啊？”

“这个呀，是人民英雄纪念碑，大理石做的，是纪念以前的英雄的。”

“哦？什么是英雄啊？他们都是英雄吗？”

“英雄啊，就是勇敢的人，愿意为了大众的幸福舍弃自己的人。因为有了他们以前打仗牺牲，才有了我们今天的生活啊，萌萌才有蛋糕吃啊。”刘远蹲下身子，轻轻摸了摸萌萌的头，眼里都是宠溺。

“那爸爸是英雄吗？”萌萌歪着头继续问。

“嗯……”刘远的笑容有点僵硬，“爸爸不是英雄，爸爸只是一个普通人……”

“可是我觉得爸爸是英雄，爸爸力气好大。”

“哈哈……”刘远亲了一口萌萌的圆脸，旁边的张莉也开心地笑了。

“朋友，帮我们三个拍个照吧……”刘远微笑着拦住了一个小伙子，把相机递给了他。

“一、二、三，茄子……”刘远抱着萌萌，张莉挽着他的腰，头微微倚在他肩上，一家人幸福地笑着，在纪念碑前留下了照片。

4 同学聚会

健身房内，一个身高一米九、健硕俊朗的男子拿着一瓶运动饮料喝着，跨栏背心根本兜不住身上凸起的腱子肉，骁健的肌肉上还密布着点点汗珠。

一个珠光宝气、浓妆艳抹、身材臃肿的中年女人从更衣室走了出来，看到男子，脸上立刻满是笑容，招手呼唤道："柏教练，这儿呢。"

"哟，王姐，换好了。"柏刚紧走几步迎了上去，"我送您出去。"

"哈哈，还跟我这么客气。"王姐爽朗一笑，扭着腰往外走去。柏刚脸上堆着笑，赶紧跟上。

走到门外，王姐扭头看了看旁边这一大堆肌肉，忍不住拍了拍柏刚的手臂。"我说柏教练，要不干脆你跟我到我茶馆一块儿喝茶去呗，反正我看你后面也没学员了。"说话间，王姐不时地瞄一瞄柏刚的脸和结实的胸口。

"哎哟，王姐，真不巧，我约了我同学一会儿一块儿吃饭。"柏刚尴尬而不失礼貌地笑着搓了搓手，"要不改天吧，改天再去跟您讨教。"

"你看你，老是没空，姐不会亏待你的。真跟同学吃饭？"王姐嗔怪道。

"千真万确……您看，这不同学来了。"柏刚指向迎面走来的刘远。

“哦，这样啊，好吧，那就不打扰你们了。”说罢王姐转身离去，刘远礼貌地笑着向王姐点了点头。

“王姐，您慢走，后天记得再来啊，咱约好的。”柏刚挥手向王姐告别，扭头发现刘远正坏笑着看着自己。

“怎么，不想努力了？”

“啥呀？”

“我刚才可都看到了，她还摸了你，看她那眼神，都想把你吃了。”

“你说什么呢？”柏刚嗔怒着推了刘远一把，把他推了一个踉跄。

白色的轿车停在了街边，柏刚和刘远下了车，走进了一个装修雅致的小饭馆。

“怎么着，最近又谈女朋友没？”刘远不咸不淡地问着，向服务员招了招手，“服务员，菜单。”

“谈了，刚又分了一个姑娘，跟我说要结婚，还要房子，分了。”

“哦？为啥？结婚不好吗？”刘远翻看着菜单，“吃点啥？”

柏刚也拿起了一张菜单。“我来看看。我还不想受婚姻的约束，向往自由的生活。再说买房，哪里有钱啊，人家要房子，找我要房子，你说扯不扯。”柏刚无奈地摇了摇头，耸了耸肩，“我是欠她房子还是怎么的了，大家在一起就图个快活开心嘛。”

“好吧，这个健身房你打算待多久？我说你好好的体育老师不当，折腾啥啊！”

“什么叫折腾，人一辈子不就是得多姿多彩吗！”柏刚扔下了菜单，一脸不乐意，“兄弟你这话我可不爱听，我体育大学的高材生，教一群小屁孩？！看哥们儿我现在多爽，不用听那更年期女校长叽叽歪歪的。就你那按部就班相妻教子的日子，可不得把我闷死了。”

“你……”刘远用手指点了点柏刚，“真的是四肢发达……”

“我让你看看什么是四肢发达……”柏刚隔着桌子抓住了刘远的衣领，作势要把他拎起来。

“嘿吼，打啊！嘿吼，打啊！”

刘远和柏刚扭头一看，却见一个其貌不扬的男子走了过来。此人穿着一件皱巴巴的T恤，头发蓬乱，似乎一个月没洗头了，胡子拉碴，有些邋遢。

“哎哟，方博士，方研究员。”柏刚停下了手里的活计，笑着说道，“你倒是盼我俩打起来啊。”

“什么圆啊方的。远远能跟你打得了？”方治国一屁股坐在刘远旁边的座位上，拍了拍刘远的肩膀。

“我说方研究员，恭喜啊！这么年轻就正高职了，科学家啊，哥们儿替你高兴，今天来给你庆祝庆祝！”刘远龇牙咧嘴地揉了揉发酸的脖子冲一边喊了声，“服务员，点菜！”

“谢谢老哥们儿了。这些正高副高的庸俗的东西没啥用，要不是为了研究方便，我才不要呢。一会儿吃完饭，带你们去看点好东西！注意保密哦。”方治国神秘地依次看了看柏刚和刘远。

“就知道方博士有好东西玩。”柏刚乐得拍起了手。

“方研究员，你最近都研究点啥啊？说说看我能不能听懂。”刘远还在揉着脖子。

“我呀，现在正在研究微型智能！”

“啥？就是……就是……小计算机？”柏刚努力开动了自己的脑筋，为自己能想到这一层感到欣慰。

“不是，是……这么回事……”方治国看了一眼略显失望的柏刚，接着说，“你看，宇宙用英文讲是无限大，但是其实还有一层意思，是无限小。大和小其实都是相对的。”

“啥玩意儿？”柏刚不解地问。

“也就是说啊，往大了说，在无垠的宇宙中，我们根本探测不到边缘，现在已知的已经有几百亿光年，就是光跑几百亿年的距离。光一秒钟三十万公里，地球连一颗尘埃都算不上。”

“那又怎么样呢？”

“但是你再往小看，一个人体可能就是一个宇宙。人也是由无数的原子构成的，原子是电子围绕原子核在转，你可以把这些原子核看成太阳，而这些电子是行星，绕着太阳转。”方治国说着用筷子敲了敲桌上的碗，“那这个碗，就是整个宇宙。一个细菌，也可以是一个宇宙。”

“哦。”刘远若有所思，“好像是有点道理，有点意思。”

“那么每一个细菌中，很可能存在若干种文明，只是我们没有办法感知他们，他们也没法感知我们。而我们要是有了更厉害的显微设备，就会发现再往下细分观察，小也是无限的。小到一个细菌是一个宇宙，大到我们的宇宙对更大的宇宙而言只是一个细菌。”

“哦，那就是说……”刘远陷入了沉思，“人类能看到的世界只不过是夹在无限大和无限小中间的一种存在，我们所谓的宇宙、生活，可以随随便便被更高阶的文明毁灭，就像我们消灭一个细菌一样。”

“对的，远远很聪明。但是，如果细菌里面的文明科技迅猛发展，也可能反过来影响我们！”

“你们说的什么呀，我怎么听得有点糊涂啊？！”柏刚不满地摇摇脑袋，“说点有意思的！”

“对了，治国，你表舅汪立的事他们处理完了吧？”

“我跟这个表舅也就几年前见过一面，就不愿意见他了，一个商人，挺势利的，没啥共同语言。这么多年他也不容易，走南美，跑非洲，还被人绑过，差点命都没了，也不知道在做什么贸易，赚到这些钱，挺不容易的。”

“没想到一下子人就没了，唉，人生啊！”刘远摇摇头，感叹道。

“老婆孩子也躲起来了，怕人追债啊。他还欠你们公司不少钱吧？”方治国看了看刘远，又瞧了眼菜单。

“对，我还着急没处要债，他们之前住的房子被法院查封了，好多人等着要钱，没办法。想靠炒股发笔横财，没想到血本无归。”

“哎呀，我说啊，我的十万块钱还套在里面呢，就剩快一半了，你说你们那是上市公司，你教教我咋整？”

“我自己还套里面三十万呢，我教你？！”

“这都什么乱七八糟的？”方治国撇撇嘴，“金钱就是粪土，有啥用啊？”

“对你方研究员来说是没用，但是我就要交房租了，钱都被套了出不来，要不你再借我五千？”柏刚看似不经意地瞥了瞥方治国。

“上个月你不是刚跟我借过两万吗？”刘远皱了皱眉看着柏刚，“我先跟你说我可没钱借你了，你先把之前的还了再说吧，毕竟我也要养家的。”

“知道你跟嫂子没法儿交代。所以我不找你了。”柏刚坏坏地笑笑。

“不打紧，五千也不多，我转给你，之前借的三万先不急着还。”

“我说你犯不着这么借啊，你跟你那客户去喝茶，再干点别的不就有了吗？”刘远龌龊地笑着，看了看柏刚和方治国。

“你……我可是卖艺不卖身的。”

“钱这些凡尘俗事都是过眼云烟，最近啊，我特别替人类的命运担忧。说不定几万年以后，有一种文明稍微动一下手指头，人类文明突然就毁灭了……”

“我的天哪……”柏刚夸张地惊呼着，“没想到我柏刚的高中同学，居然是地球的拯救者，一个超级大英雄！来来来，方博，干了这一杯，能跟您一块儿吃饭是我柏某毕生的荣幸……”说着话，柏刚就把啤酒杯往方治国脸上撑，因为用力过猛酒都洒在方治国T恤上了。

“来来来，我刘某也陪一个……”

三人哐当一碰杯，将杯中啤酒一饮而尽。

“话说咱们仨，一块儿从县一中考到北京，现在走的路真的是大不一样啊。”放下杯子，刘远感叹道，“你看你这，搞科研高歌猛进，年纪轻轻就正高了，可是个人问题是一点都不考虑啊，不像刚刚，都不知道换了多少个女朋友了。”

“我对女人不感兴趣，太麻烦，只会影响我做实验写论文的速度。”

“我主打的就是随心所欲、快乐人生，你小子想过还过不了呢，能有我这魅力？”柏刚歪了歪嘴。

“不过我说治国啊，你这研究的东西到底是个啥啊，股市有什么概念可以炒吗？你说的这些个文明，真的有吗？”

“我们所现在搞出来了一台小型的粒子加速器，只要将粒子加速到超过光速，就有可能探测到微型文明的信息。平常的时候，他们的速度太快，我们跟不上，无法同步。当然，我们这个东西还只能算是个模型，离光速还差太远，但是等到 2028 年，我们有了真正的对撞机，那我们的物理研究就会达到一个新的高度。”方治国说完，一脸自豪和憧憬。

“什么呀，你这项目听着怎么这么不靠谱，怎么通过项目审核的，还能搞到新设备？谁愿意投钱干这个啊？要多少钱啊！”柏刚不解地一连串发问。

“说了你也不懂。这个机器不是用来发现微型文明的，我是顺带着研究一下微型文明，要充分发挥它的作用。这是用来研究物理的，将来你知道要花多少钱吗？一千四百亿人民币！”

“啊！”柏刚的嘴都合不拢了。刘远也是一惊，拍了拍方治国的肩膀：“兄弟你真是搞大项目的啊！拯救人类就靠你了。”

“一会儿带你们去见识见识。”方治国得意地笑着，往嘴里夹了一块回锅肉，吃得满嘴泛油光。

天色已暗，三个人走进了一扇貌不惊人的铁门，边上简陋的木质门牌上白底黑字写着“华北物理学研究所”。这里已经不是闹市，周边都是树林和农田，没什么人，让这个被围墙围起来的单位有几分神秘感。

方治国上前亮明了证件，让柏刚和刘远登记了一下，然后并肩走了进去。

5 粒子对撞机

“这边。”方治国迈着轻快的步伐，将两人引到了一个巨大的车间模样的建筑里。带着玻璃墙的操作间里，一男一女两个年轻人慵懒地聊着天，发出阵阵笑声，不时地看一看另一面大屏幕上五颜六色的各式数据。

“方老师，您来了。”两人见到方治国，连忙停止了交谈，恭敬地看着他。

“你们俩当班啊，还正常吧。”

“是的，一切正常。”

“看！”方治国指向玻璃墙外。

偌大的车间里，几个穿戴着工作服和安全帽的人在例行公事不紧不慢地操作着，一个头目模样、戴着眼镜的人背着手、踱着步不时看看两边的机器。

而车间中央两个巨大的圆盘，通过一个透明的圆筒形管道连接着，圆盘上是几十个闪闪发亮、排列整齐的金属片，以及连接的各种管线，一眼看过去就给人一种精密而复杂的感觉。

“这就是我们的对撞机，是国内最先进的，可老贵了。”方治国满眼怜爱地看着圆盘，仿佛在看自己的爱人，“他们正在调试，这是第二十一次了。”

“是的，方老师，您记得真清楚。”两个年轻男女仍然恭敬地站在一边。

柏刚和刘远好奇地看着那个偌大的机器，只是感觉到很厉害，却不知道有什么用。

“这个，什么东西？嗯……它的功能是什么？”刘远对此虽然有所耳闻，不知其详，倒有兴趣听方治国讲讲。

“对啊，这玩意儿有啥用，说说。”柏刚也搾了搾方治国的胳膊。

“这个嘛……”方治国指向了外面的机器，自豪地昂起了头，“我们把物质的速度提得越高，就越能发现很多以前发现不了的秘密。可能我们能感知到的世界，并不是我们看到的样子。所以说……嗯？”

方治国突然听到细微的嗡嗡声，眉头一皱，望向了一边的数据墙，发现几个红色的数字快速地跳动起来，一眨眼间，其中一个硕大的数字已经从“0.011”迅速变成了“0.109”，并且还在不断增加。

“怎么回事……怎么回事？！”方治国脸色一变，忙望向两个年轻人，“你们俩干什么了？调速度了？”

而两人看着数据也不知所措，女孩张大了嘴不知道该说什么，而男生则慌忙摆手，“我们什么也没干哪……这就是例行调试……”

“怎……怎么了……”刘远看到几人的神态，小心翼翼地问道。

“粒子的速度脱离了我们设定的标准，原来是0.05倍光速，现在已经……0.2了，快要接近我们这台机器的极限了！”

嗡嗡的声音已经越来越响，机器叶片发出亮光，隔着玻璃看都有些耀眼，车间中的几人显得十分慌乱。

方治国看着仪表盘上的迅速跳动的数据，瞬间满头大汗。“这……这……”方治国努力整理自己混乱的思路，“这是跟什么东西产生了共振，突然就加速了。这不可能……”

两个年轻人已经吓得面如土色。“方老师方老师，该怎么办啊？都0.5了！”

机器剧烈颤抖起来，连大地都开始震动，车间的灯忽明忽暗，空气中道道电光闪过，十分骇人，里面的人开始惊慌失措地往外跑。

“我说治国，咱……咱得跑了吧，这机器要爆炸了！”

“你们快走！系统要崩溃了！”方治国突然扭头对几人喝道。余下四人慌忙撒腿往门口跑，而方治国眼睛依然紧紧盯着屏幕。

跑到门口的刘远猛地想起方治国，扭头看着他，大声招呼着：“快走啊，治国！”

“我不走，我是专家，知道怎么应付！”

方治国一边看着屏幕，一边飞快地按下一串按钮。

“很好，都是非常宝贵的数据！太好了！”方治国满头大汗地操作着，数字已经变成了 0.998！

柏刚已经奔过来猛地抱起了方治国，就要把他往外拽，但方治国一顿疯狂挣扎，几拳打在柏刚头上，愤怒地大喊着：“快把我放下你这蠢货！这是千载难逢的机会，你会毁了整个物理学的！”

“随你去了……”柏刚头上挨了几拳，拗不过方治国奋力挣扎，只得放下他，恨恨地转身跑去。

刘远望了一眼在屏幕前忙碌的方治国，看了看颤抖的车间，不断掉落的器件，以及不断变粗的电光，咬了咬牙，只得往外跑去。

“1.01！”方治国惊呆了，几乎不敢相信自己的眼睛，突然嘶吼起来，“突破光速了，突破光速了！”

刘远听到喊声，边跑边回头望了一眼，心中犹豫半晌，还是决绝地向外面冲去。

方治国满头大汗，似乎恢复了一些理智，手在操作台上不断操作着，嘴里喃喃着：“很好……很好……”他要为物理学，为人类留下这极其珍贵的记录。

而屏幕却突然变黑了，方治国瞬间呆若木鸡，眼睛死死盯着屏幕，汗顺着脸颊像瀑布一般往下流。

屏幕上缓缓显现出五个红色大字：

“我们在这里”。

原本月朗星稀的夜晚，已经是电闪雷鸣，车间上方的天空中，闪电遮天蔽月，一个巨大的黑云旋涡缓缓翻滚。

黑云下面，一行人惊慌失措尖叫着拼尽全力奔跑，已经跑出了研究所的大铁门，只想赶紧远离这可怕的地方。

而远处道路上的行人，也抬头万分惊恐地看着这边的天空。

刘远气喘吁吁地与柏刚一起在田地里奔跑着，都不敢回头望一眼，却不料旋涡中一道四五米宽的闪电劈下来，将他们笼罩其中。

刘远只觉得眼前突然变得惨白，似乎看到自己的身体迅速分解成碎末，却没有感觉到一丝疼痛，转瞬间就失去了知觉。

草地上，躺在地上的刘远手指忽然动了动，呻吟了一声，慢慢张开了眼睛。

四周一片寂静，只有几声虫鸣。远处，城市的高楼大厦上，灯火大多已经熄灭，想来已是深夜了。

“嗯……啊……”刘远用力撑起身体，喘着粗气坐了起来，使劲揉了揉眼睛，茫然无措地看着四周。

星空下，周围空无一人，不远处的围墙边上，依旧是那个铁门，门卫许是已经走了。没多久以前，刘远跟着方治国走了进去，后来又逃了出来。

刘远掏出手机，使劲摁了好几下开机，却没有任何显示。

刚才应该是狠狠地摔了一跤，衬衣都破了，脸上也划出了一道浅浅的血印。他忽然觉得手臂很痒，使劲挠了挠，发现已经被蚊子叮了几十个包，这反而让他庆幸自己还活着。

歇息了许久，刘远终于站起身来，眼睛向四周搜索着，想要寻找柏刚的踪迹，却是一无所获，只得跌跌撞撞向铁门走去。

“华北物理研究所”的门牌依然了无生气。

砰砰砰！刘远用力敲打着铁门，却没有得到任何回应。

“难道，他们……他们去哪儿了……”刘远喘息着，紧皱着眉头，眼前宁静的一切和之前的混乱，让他有了极不真实的感觉。难道自己之前是被雷劈了吗？！

刘远只得再次拖着踉跄的脚步向田地里走去，竭力喊着“柏刚……柏刚……”。

回应他的只有虫鸣和夜色。

他试图喊得声音再大一点，也许在周围的柏刚能听到他，可是越大声，他越觉得头疼。他的精神已经被这一系列的变故弄得濒临崩溃，周围却只有静寂的黑夜。

他几乎是哭着大声喊出一声“柏刚”，头突然疼得像要炸了一样，“啊”地大叫了一声，晕倒在地上。

暗夜中，一个黑影鬼鬼祟祟地逼近了地上的刘远。

6 我在哪里

草丛中，刘远眨了眨眼，勉强睁开了双眼，哼了一声，缓缓撑起身子坐了起来，茫然地看着四周。

尽管太阳还没露面，天色却已经亮了。田地里没有人，远处的马路上已经有了一两个行人，偶尔响起汽车喇叭声。隐约可以听到机械的女声“请注意，倒车；请注意，倒车……”。

“华北物理研究所”的大门依然紧闭，刘远爬起身来，擦了擦头发上的露水，拍拍身上的泥土，蹒跚着往公路走去。

前面一溜小店铺中，“沙县小吃”的店面已经开门。老板和老板娘在屋里屋外忙碌着，桌椅摆在街面上，炉子上的蒸笼冒着热气。

先填一下肚子吧。刘远一边走向小店，一边摸向裤子口袋，顿时愣在了那里。

钱包不见了！

赶忙摸向另一边口袋，手机也不见了！钥匙还在，可是原来停在小店旁边自己的汽车也没有了。

刘远心里一阵慌乱，使劲抓了抓脑袋，努力让自己冷静下来。自己一晚上不见了，张莉一定急坏了，赶紧给她打个电话！

刘远走进小吃店，诚恳地跟老板说：“老板，我的手机和钱包都丢了，能用您的电话给家里打个电话吗？”

秃顶富态的老板看了看挂在墙上的电视，回过头来略带警惕地上下打量了一下狼狈的刘远，笑着指了指桌上的电话，“打吧”。

“谢谢，谢谢啊老板。”刘远作了作揖，拿起电话拨打了那个熟悉的号码。

电话铃声响了好几声，终于传来张莉慵懒的声音，似乎还没起床。“喂，请问哪位啊？”

刘远心里一阵激动，急促地说着话：“莉莉你听我说，我被雷劈了，你先给我转二百块钱，我打车回家。”

“什么？你是谁啊？”

“我是刘远啊。”

“你是刘远？”听筒里张莉的声音十分惊讶，旁边传来一个男人的声音：“谁啊，一大早的？”

“我是刘远啊！我被雷劈了……喂！喂……”

嘟……嘟……电话那边响起了一阵忙音。刘远急忙又把电话拨过去。

“您拨打的电话已关机，请稍候再拨。”

怎么回事？张莉为什么会挂断他的电话，一大早的，旁边说话的男人又是谁呢？话说得还那么亲密？！

自己一晚上没回家，张莉好像一点都不担心，而且身边竟然还有一个男人。刘远心乱如麻。不行，一定要问清楚！

再次拨打张莉的电话，听筒里传过来的依然是“您拨打的电话已关机，请稍候再拨”。

刘远顿时呆在了原地，一时不知所措。张莉一定不会做出对不起自己的事情，这不可能。

一边正在专心看电视的老板脸上露出了灿烂的笑容，一拍大腿，对着还在店面外忙活的老板娘说道:“娟子你看，昨天咱们股票赚了个涨停，电视说形势大好，马上突破五千点了！”

“那敢情好，炒股可比咱这起早贪黑地赚钱哪……”

刘远一愣，望向了电视，昨天不是暴跌吗?

演播室里，西装革履、戴眼镜的专家和打扮知性、留着齐耳短发的美女主持人微笑着面对着镜头，背景板上写着“财经纵横”。

主持人:“各位观众，今天我们《财经纵横》节目请来了老朋友，辉越证券首席分析师张明老师，来跟大家聊一聊股市。张总，最近股市一路高歌猛进，昨天S综指已经历史性地突破了四千五百点，对此您怎么看?”

刘远的嘴几乎张得合不拢了，昨天不是跌破了三千六百点吗?怎么是涨到四千五百点呢?刘远使劲揉了揉眼睛，往电视机前又紧走两步，试图看个究竟。

电视上的张明说话了:“从去年下半年以来，大盘从两千点附近启动，现在已经涨到了五千点附近，很多股票已经翻了好几倍，甚至十几倍，很多股民朋友都赚到了钱。”

主持人:“是的，现在大家对于股市非常关注，后续行情您怎么看呢?”

张明:“从经济基本面看，一路向好，资金面也充裕，贷款余额持续扩大。政策面呢，有人说四千点才是牛市的起点，哈哈哈……我不好说最终大盘能达到怎样的高度，有说八千点的，有说一万点的，总体我觉得后市可期吧……”

刘远使劲揉了揉自己的眼睛看着电视，又下狠手掐了一下胳膊，痛得龇牙咧嘴，继而望向一边的老板，“老板，这是什么时候的新闻啊，股市涨了?”

“今天的新闻啊，最近我也赚了两个涨停呢，我就说还是投少了，跟这婆娘说再借点投进去也不肯，哎呀……”

“这……”刘远才注意到屏幕的右下方写着日期：

2015 年 5 月 16 日！

“老板，今天是几号！”刘远惊愕地望着老板，一下子抓住了他的胳膊。

“怎么了？”老板皱了皱眉，拨开了刘远的手，“电视上不是写着吗，5 月 16 号，周六啊。你怎么了？”

“我……我……我……”刘远失魂落魄地往外走去，坐在了马路牙子上开始回忆起来。他必须想办法搞清楚状况。

昨晚是 2015 年 7 月 8 号，他和柏刚、方治国一起吃饭后，去看粒子对撞机，机器出故障了，逃跑过程中被雷劈了。

半夜醒了一次，又晕过去了。又醒了一次，给张莉打电话非但不理他，居然一大早旁边还有个男的？！

刘远坐在马路牙子上，不停地抓着自己的头发，调动所有的脑细胞冥思苦想，心潮澎湃却百思不得其解。

太阳已经升上了天，而天气依然有些凉，不似盛夏。刘远的短袖衬衣上有着道道泥痕，让他感到阵阵凉意，不由得缩了缩肩膀，搓了搓自己露在外面的半截胳膊。

难道现在真的是 5 月份？他真的是要疯了吗？在马路牙子上已经坐了一个多小时，对面的华远证券公司不大的营业厅已经陆续有人进去了。刘远再次站起身来，挡在了一个背着手遛弯的大爷面前。

“大叔，我请问一下今天是几月几号啊，我给忘了。”

大爷停下了脚步，爽朗地说，“5 月 16 号啊。”

“那今年是哪年啊？”刘远觉得一切都值得怀疑，甚至感觉对面的大爷也未必是真人。

“2015 年啊，小伙子你怎么了，日子过糊涂了？”大爷再次上下打量一下刘远，疑惑地看了看他衬衣上道道泥痕。

“没……没事……”刘远勉强对大爷笑了笑，向街对面走去，走近华远证券的营业厅。一个西装革履、拿着传单的小伙子立即满面笑容地迎向刘远递过传单，嘴里念叨着：“证券开户了解一下，牛市来了，不要错过……”

刘远默默无语，接过传单脚步没有停。“里面了解一下……”小伙子把刘远迎进了营业厅，正面柜台前已经挤满了排队的人，第一排的趴在窗口填着表格，两边有人在操作着几台证券交易机，盯着屏幕上鲜红的文字、数字和曲线。

而营业厅柜台上的文字显示屏正在缓缓滚动着“2015 年 5 月 16 日 09 ： 12 ： 36 SH 综指 4508.2 SZ 成指 15809.4”。

“今天是几月几号？”刘远向小伙子问出了同样的问题。“5 月 16 号，周六啊，您啊赶紧开个户吧，下周一开盘，赶紧操作起来，牛市终于来了。”小伙子唾沫横飞地介绍着，“您身份证带了没，我们这里大客户手续费有优惠……”

刘远已经听不进小伙子说的任何话，呆若木鸡地缓缓走出了喧闹的营业厅，小伙子追了两步，也不坚持，又转向了另一位路人。

肚子咕咕叫了，可刘远身无分文，踌躇再三，穿过马路再次走向了沙县小吃铺，老板和老板娘正在将早餐摊收进店里，搬着桌椅板凳。

刘远揉了揉肚子，他没有钱坐车，恐怕得走回家了，那就必须先填一下肚子。扭捏了好一会儿，刘远终于咬了咬牙对正在忙碌的老板娘说。

“老板，我这手机和钱包都被人抢了……没钱吃饭，您看，您看……能赊我一个剩下的馒头吗？等我回家有钱了一定给您，一定……”

三十多岁身材微胖的老板娘疑惑地打量了一下刘远，看他这样子似乎也不像骗子，不言不语从冒着热气的蒸笼中拿出最后一个馒头递给刘远。

“正好还剩一个，给你了，不用还了。”

“谢谢，谢谢。”刘远接过馒头，满脸堆笑，连连鞠躬。

一边啃着馒头，刘远开启了徒步回家之旅。这里地处北京西北郊区，离东边的家大概三十公里，不需要太快，走六小时差不多到了。

吃了一个馒头，让刘远有了一些气力，他分配着自己的体力，一边走，脑子也在不停地转着，他总觉得靠自己已经没有办法想清楚事情的原委。

他也不想去找警察，如果不相信他，有可能把他当成精神病关起来。如果相信了可能更糟，把他关起来研究甚至解剖了都有可能。这样的电影他不是没看过。

那么柏刚和方治国都去哪儿了呢？也跟他穿越过来了吗？也没见着他们啊。还有研究所的那些人呢？

在完全混沌的状态下，他只想回家，不计原因和后果。

走了三个多小时，周边已经是越来越密的高楼大厦。走在北京宽阔的二环路上，早上吃的那个馒头早就消耗殆尽了，刘远的腿已经发软了，正午的阳光让公路上气流涌动，也让刘远汗流浃背。

到公共厕所解决了一下，刘远给自己灌了几口自来水，润了润发干的嘴唇。走出厕所，肚子里只有水在哐当哐当流动，但他已经不愿意去找任何人再赊一个馒头了。

回到家就好了。刘远捏了捏裤兜里的钥匙，继续向着家的方向前进。

他至今不敢相信自己已经处于一个多月以前，但是身边的一切，银行门口的显示屏、报刊亭里的报纸都在告诉他，现在是 2015 年 5 月 16 日，星期六。

他也不清楚为什么张莉整整一晚没找到自己，接到自己的电话却一点不着急，即便这是个陌生的电话，即便一开口就要钱，那有他的消息不是最宝贵的信息吗？

而且一大早身边还有一个陌生的男人。他跟张莉相识于校园，都是对方的初恋，结婚八年了依然十分恩爱，还有那么可爱的萌萌，两人从来没有过任何跟出轨沾边的事情。

他的头有时候会刺痛，甚至疼得只能停下来歇一会儿，总感觉脑子不那么好使了。他已经严重怀疑这个世界的真实性，或许再出现什么离奇的事，都是可以接受的了。

走了六个多小时，周边的景物逐渐熟悉起来，终于来到了这个老旧的小区门口。虽然去年买下了这里的一个小两居，但他跟邻居没什么来往，并不熟。当他跌跌撞撞、热泪盈眶步入这个小区大门时，并没人注意到他。

唉，终于回家了，刘远颤抖着抚摸着钥匙，向远处自己家的单元门走去。

而恰在此时，身着长裙的张莉快步奔出了单元门。刘远欣喜若狂，张大了嘴想叫住她，却虚弱得发不出声来。

张莉并没有看到刘远，只是快步向前走去，迎向了对面的一个男子，竟牵起了那个男人的手！

刘远的笑容顿时僵在脸上，心如同掉进了冰窟一般。瞬间一股怒火直冲脑门，刘远几乎用尽最后的力气紧走几步，他要向张莉问个清楚，这究竟是怎么回事？！这个男人是谁？！

牵着手的两人走向了小区的另一扇大门，张莉挽着这个男人的胳膊，亲密地说着话，咯咯地笑着，旁若无人。

而男人也会转过头来笑着对张莉说几句，让刘远得以看到了他的侧脸。

突然，刘远脑子里猛地一激灵，慢慢停下了脚步，瞪大了眼睛，嘴张得仿佛再也合不上了。

从前面那个男人的身形、穿着的衣服，以及他的侧颜来看，他就是刘远自己。

这是一个多月前的刘远？

刘远惊呆了。

2015 年 5 月 16 日星期六是刘远和张莉结婚八周年纪念日，刘远中午去公司开了一个会，4 点钟回来接上张莉，去看了一场电影，吃了烛光晚餐。

那是属于他们两人的时间，孩子交给姥姥了。

那我又是谁，又算什么呢？刘远颤抖着手，紧紧抓着手里的钥匙，豆大的汗珠从头上流下来。

家就在这里，他还能回去吗？

回去之后会发生什么呢？两个刘远如何共处？还是说他们都会被什么神秘机构抓过去解剖了？

刘远一屁股坐在了地上，使劲挠着自己的头发，不知道该怎么办。

坐了个把小时，刘远终于站了起来，缓缓往小区外走去。

7 谋生

刘远垂着头，默默推开了商场底层肯德基的大门。这里离家很近，他对这里很熟悉。里面人很多，座位不够坐，还有人在不停找着空位。

一个带着大胖小子的妈妈起身了，刘远假装若无其事地坐在了他们原来的位置上，眼光扫了一圈四周。

桌上还有没吃完的汉堡和薯条，杯中的可乐还剩下一些。刘远漫不经心地拿起带着牙印的四分之一汉堡，又抓起大半袋薯条和可乐杯，缓缓站起身向外走去。

商场外墙根处，刘远深吸一口气，风卷残云般瞬间就着可乐吃完了汉堡和薯条。然而肚子依然感觉空空如也。

又等了一小时，确定服务员已经不可能记得自己，刘远故技重施，从肯德基带出了半个鸡腿。想到另一个自己正与妻子张莉享受烛光晚餐，而自己却在这儿吃别人的残羹冷炙，刘远气不打一处来，狠狠地咬了几口鸡腿，很快就吃完了。

吃完这些，他等在商场门外的阴暗处。尽管肚子还没有填饱，他还有更重要的事要做。他要再次确认一下。

8 点多钟，一个男子和张莉兴高采烈地拉着手从商场走了出来。

暗处的刘远这次看得真切，拉着张莉的，正是自己。

看着张莉和自己那有说有笑亲密的模样，刘远的眼泪不由自主地流出了眼眶。

望着远去的两人，刘远不知道自己现在是什么情绪，只是单纯地想哭。他狠狠地跺着脚，疯狂地拉扯着自己的头发，却没有人关心。

刘远默默走在北京的夜晚街头。人流如织，许多人都在回家的路上，他却回不了家。

到底应该去哪儿呢？走了一天，刘远已经十分疲惫。他不想让别人看见自己，只想安静地待会儿，便蹒跚着脚步来到了一处地下人行通道，直接靠着墙坐下了。

怎么办呢？左思右想，刘远根本理不出头绪。而他现在身无分文，去餐馆蹭吃的不是长久之计，终归会被轰出来，现在连个栖身的地方都没有。

钱包被抢走了，连着里面的身份证，也就是说他失去了一切身份。他还能干点啥？怎么养活自己呢？

他对此毫无准备，但三十多年的人生经历让他暂时能稍微冷静一些，想想是不是应该找个活干，赚点钱解决自己的温饱问题。

想必已是深夜了，冥思苦想的刘远终于架不住一天的劳碌，蜷缩着身子歪躺在水泥地上睡着了。

一阵阵脚步声终于让刘远迷迷糊糊地睁开了眼睛，通道里已经有了三三两两的行人，有老人牵着背着书包的小孩，也有上班族在赶往公司的路上。有的看了一眼躺在地上的刘远，有的自顾自匆匆赶路。

刘远感到一阵尿急，起身歪歪扭扭地向公厕走去。

在路边公厕洗了一把脸，又喝了几口凉水，刘远脑子清醒了很多。他决定到十公里外的马翔桥碰碰运气。

北京五环外马翔桥镇，一片低矮的房屋，随意搭建在建筑之间数不清数量的各种管线，狭窄的马路带着水坑，早已没有国际大都市的繁华景象。

马翔桥是北京赫赫有名的劳务集散地，他听说过这里，也曾经开车路过，但是从没想过自己一个名牌大学法律专业毕业的研究生，会来这里找活干。刘远曾经听手下说过，来这里找了几个壮声势的人去要账，很便宜，当天做完事给完钱就两不相欠了。

已经是上午9点多了，太阳有些刺眼，路边上还有三三两两的闲散人员，多数是男性，手里或举着“钳工”“跑腿”“零工”等纸片站着，或蹲在屋檐下默默抽烟。

而有的平房门口，也放着一片片简陋的纸壳招牌，上面用红笔歪歪扭扭地写着“普工150每天”“免费住宿”“电子厂120”，属于极简的招工信息了。

蓬头垢面的刘远拖着疲惫的身躯走向了路边一家贴着招工标牌的门脸，向内张望了一番，却没看到有人。

蹲在墙角一个满脸沧桑的大叔上下打量了一下刘远，带着浓重的外地口音冲他喊了一嗓子：“嘿，兄弟，才来啊？”

刘远眯起眼睛看着这个穿着皱巴巴T恤的五十多岁男子，“对啊，来得不早”。

“现在这点已经没什么活了，我也是今天睡过了。嗯……有烟吗？”

刘远一听一愣，原来是找烟抽的，假装把身上口袋摸了个遍：“哎哟，今天没带啊，大哥，下次给你买一包。”

大叔用怀疑的眼光看了看刘远，缓缓站起身来。“看兄弟你挺白净的，遭了什么难才到这儿的吧？”

“嗯，是不太顺……这不，想找点活干。”

“正常，老哥我以前批发蔬菜也挺风光，这不，赔了，到这儿来找口饭吃。现在已经晚了，没什么老板会来找活的。你今天运气好，一会儿啊，正好有个活，要两个人去仓库打扫卫生，我那兄弟正好去干了个别的活，要不你给补上这个缺？”

刘远一听心中一喜，当下肚子正饿，居然遇到这种好事，连忙说：“那敢情好啊，我去我去。”

“嗯……”大叔又上下打量了一遍刘远，略一思忖，“这样啊，咱们这趟活要干一天，每人给我们八十，你给我买包白沙就好。”

“买买买，您介绍的活自然要给佣金的。”刘远也懂规矩，忙不迭地点头，热情地伸出了右手，“我叫刘远，您怎么称呼啊？”

“叫我冯叔就行，小子，你算是运气好的了，碰上我。”冯叔也伸出手，与刘远握了握，“有的人好几天找不到活，还有的嫌脏怕累的在那儿饿肚子。我跟你说，一会儿干活可不许磨洋工啊，这是我一个大东家，经常有活给我，不要把我的名声坏了。”

“那不能的，冯叔，我做事可麻利了。”

站久也累了，两人就蹲在路边聊了起来，说起来两人竟还是一个省的老乡，刘远只说自己做生意失败了，家产赔光了，不得已来这里挣口吃的。说自己是穿越过来的，说不定要把他送精神病院去。

一辆破旧的金杯停在两人面前，理着寸头的中年人在副驾驶冲着老冯一声吆喝：“上车！”

老冯和刘远猫着腰上了中巴，后面已经坐了三个年轻人。

车继续往郊外开去，开了个把小时，直到开进一片车间厂房林立的围墙内，掀起一片尘土。

中年人领着四人走进一间装满了机器的厂房，告诉众人这里刚装修过，今天的任务就是打扫这里，这两拨人一拨打扫一半。又交代了些注意事项之后，中年人便夹着公文包离开了。

刘远只感到肚子咕噜噜叫起来，老冯听到了，笑了笑，递给他一小包饼干，刘远几口就吃完了，这才觉得有了些气力。

随着打扫工作的开始，车间里立即变得尘土飞扬，即便戴着一次性口罩，刘远依然能清晰地嗅到灰土的味道。好在刘远平时还喜欢踢足球，身体素质不错，否则这一天又是打扫地板又是擦拭机器、墙面，真的是坚持不了。饶是如此，下午最累时，刘远提着洗抹布的脏水，几乎迈不开步。这跟在高档写字楼里吹着空调的办公室比起来，真的是天壤之别。

傍晚时分，终于活干完了，刘远领到了八十元工资，心里还是有点开心，终于可以买点吃的了，身上这件衬衣已经破败不堪，该换件衣服了！

刘远跟着老冯走出厂区，准备兑现承诺买一包白沙给他，却不料突然斜刺里冲出来五个壮汉对二人上来就是拳打脚踢。刘远慌忙一顿招架，混乱中脸上头上还是挨了几拳，屁股上着了几脚，而老冯已经被打倒在地了。

五个大汉方才停手，刘远定睛一看，其中两个是跟他们一起打扫厂房的两人。为首一个理着寸头、满脸横肉的大汉捋了捋T恤，斜着眼看着鼻青脸肿的刘远和老冯，话似乎是从鼻子里冒出来的。

“你们两个好大的胆子，敢在我的地盘抢活，活腻了吧？”

刘远稀里糊涂挨了一顿打，怒火中烧，却也因对方人多势众不敢造次，只得擦了擦嘴角的血迹，扶起了地上的老冯。

“这样吧，把你们今天赚的钱给我们兄弟当酒钱，就饶了你们！”壮汉挥舞着文着一只大虎的花臂，指着刘远二人呵斥着。

刘远环顾了一下四周，缓缓掏出了兜里还没有焐热的八十元。老冯心有不甘，“这位兄弟，都是出来混的，我们也忙一天了，过分了吧？”

“过分？”花臂乐了，“那这样，你把衣服也留下，光身子回去吧。不寒碜你，留你条裤衩。”一众小弟一听都哈哈笑了起来。

“给他们吧，我自有办法。”刘远低声对老冯说着，老冯看看对面凶神恶煞的众人，也只得掏出了自己的八十元。

一个小弟上来抽走了二人手里的钱，众人转身大摇大摆扬长而去。

“以后放聪明点，别让我在这一片再看见你们。”

“各位请留步。”刘远冲着他们的背影大喊一声，惹得众人停下脚步回过头来，诧异地看着刘远，连老冯也不明就里看着他。

“怎么着，还想再出点血犒劳一下兄弟们？”花臂讪笑了两声，带着众人回头朝刘远二人又走了回去。

“犒劳谈不上，恭喜几位以后几年都要过上吃喝不愁的日子了。”刘远一抱拳。

“哦？还有这事？说来听听。”花臂饶有兴趣地走到刘远面前站定。

“各位有所不知，刚才各位啊，把我们俩打了一顿，又拿走了一百六十块钱，在法律上属于以暴力、胁迫或者其他方法抢劫公私财物的行为，符合抢劫罪的犯罪构成。根据刑法规定，抢劫罪的刑罚为三年以上十年以下有期徒刑，并处罚金。”刘远面色平静地看着花臂，又看了一圈四个小弟。

“你……”花臂脸色一变，已经不似以前嚣张了，几个小弟一下也㞞了不少，一个年轻的脸色已经有些慌了。

“你说我们打你抢你钱，我们可是一等一的良民，没干过这事哦，兄弟们你们看到了没有？”花臂似乎底气又足了，回过头看了一眼众小弟。小弟们又振奋起来，齐声喊道：“没有！”其中一个嚣张地指着刘远说：“我还说你打我了呢，你看我这脸上！”小弟指着混乱中挨了刘远一拳的脸，似乎这也成了筹码。

“做没做过讲证据。”刘远平静地指了指马路对面的监控探头，“这里面的录像，交通局都有。这里虽然偏僻，也是首都，公安局不介意多抓几个犯罪分子，他们也有功劳的。”听到刘远说的这番话，老冯愣住了，难以置信地看着刘远，心里想着还有点本事。

花臂也一愣，汗珠顿时从额头上渗了出来，几个小弟的神色也慌张起来，刚才拿钱的小弟已经按捺不住了，把抢来的钱赶紧一把塞回到刘远手里，“哥们儿这钱我们不要了，就不能算我们抢劫了！”

花臂一咬牙，转身就走，“我们走，龟孙子！”

“等等！”刘远又是一声大喝。花臂转过头来，怒目圆睁地看着刘远，“怎么着，还想留哥几个吃饭啊！”

“你们也太天真了，以为把钱还了就没事了？抢劫的事实已经发生了，退赃只是会从轻发落，照样三年以上！”

“你……你……”花臂气急败坏地走上前去，指着刘远的鼻子，又沮丧地放下了手，“你……大哥，你想怎么样，咱们……咱们不打不相识，交个朋友……”

夜晚路边大排档，老冯嘴上叼着一支白沙，脸红通通的，将啤酒瓶伸向刘远，“没想到你挺有本事啊，几句话下去，那几个傻叉一分钱没抢着，还赔我们一人二百。”

刘远也不多言语，与老冯碰了一下酒瓶，喝了一大口。要不是现在落难身无分文，他又何尝愿意挨顿打换二百块呢？

简易的小旅馆里，阴暗潮湿，狭小的空间里摆着四张床，鼾声四起。刘远躺在一张床上，辗转难眠。

他不知道命运为什么跟自己开这样的玩笑。脸上、头上、胸口挨打的地方还在隐隐作痛，可他最痛的是内心。他挂念着张莉和萌萌，都在北京，却不能相见。

他甚至连个身份都没有，除了兜里还剩的二百块，一无所有，今后该怎么办，依然毫无头绪。

8 颠沛

刘远迷迷糊糊地睁开眼睛，周边的床铺已经没有人了，也没有留下什么行李，想来都是临时过个夜的。房间没有窗户，亮着昏暗的灯，刘远也不知道几点了，爬起来坐在床沿，深深地呼了口气，却被夹杂着烟味和汗臭味的浑浊空气呛得咳嗽了几声。

肚子咕噜噜叫了，只听吱呀一声，老冯拎着两个塑料袋进来了，递给刘远一个，“给你买了点包子，看你睡得熟，没叫你，一会儿吃完了去找活去”。

“哦，谢谢了老冯，我把钱给你。”刘远把手掏进裤子口袋，却不由得僵住了，使劲在口袋里摸索，又在床上四处翻看，整个人都呆在了那里。

“怎么了？”

“钱不见了，昨天剩的两百块，全没了！”刘远感到沮丧极了，欲哭无泪。以前，这两百块他根本不会放在眼里，可是现在……

“唉，在这种地方，钱财一定要收好啊，随便放裤兜里，转眼就没了，这些人根本就找不到了。身份证有没有？去办一张银行卡，有点钱就存进去。”

“身份证……丢了，算了，先这样吧，真是够倒霉的。”刘远无奈地摇摇头，打开塑料袋拿起一个包子吃起来，“早餐钱回头还你。”

“算了，没几块钱，再带你出去转转。”

这一天，两人又找到一个卸车种树苗的活，一天能有一百二十块钱，本已经腰酸背痛的刘远，咬牙坚持着搬运和挖土，又干了一天。累死累活拿到工资后，他终于买了一套T恤和短裤，又买了牙刷、牙膏和毛巾，总算有了些家当。

这样的日子一天天过去了，刘远跟着老冯白天干日结工，晚上找个地方落脚，有时候没找到活，会睡在桥洞下面，有几晚直接睡在大医院的急诊楼楼道里，十五块一天的床位费也省了。

“急诊人家不轰，地上躺的好多是家属，有洗手间，条件好。”老冯拿着编织袋往地上一铺，躺在上面，脸上露出惬意的表情，刘远也照着做了。

不管睡在哪里，刘远经常在夜深人静的时候失眠。这跟自己以前的生活真的是天壤之别，尤其是张莉和萌萌，他的家人，现在似乎已经是别人的家人了，尽管那个男人，就是自己，他也无法接受。

有时候，他会戴着墨镜和口罩，去幼儿园附近，远远地看着张莉下班来接萌萌，听着她们的欢声笑语，却不能接近，只能让眼泪在眼眶里打转。

成天劳碌的生活让他整日灰头土脸、疲惫不堪，脸因为到处奔波晒得黝黑，早已不像一个写字楼的白领，更像是个农民工。更让他痛苦的，是内心的迷茫与挣扎。又是一天的忙碌之后，完活已经是晚上11点多了，刘远拿到了微薄的工资，与老冯一起到附近一家大医院急诊楼过夜。

还好人不多，他们在候诊区找到了空座，躺在了上面。

半夜，刘远翻来覆去睡不着，自从穿越过来，他经常感到头痛，时轻时重。这一会儿，他突然感到头刺痛起来，忍不住惊坐起来，好像是被什么给辐射到了头。他感觉到一股液体流出鼻孔，颤抖着用手一摸，居然是鲜红的血。

头已经痛得不可抑止了，刘远栽倒在地，痛得在地上打滚。老冯惊讶地看着他，手足无措，不知道该怎么办。

模糊的视野中，两个护士奔向了地上的刘远，刘远眼前一黑，失去了知觉。

洁白的病床上，刘远眨了眨眼，缓缓睁开了眼睛。他挣扎着坐了起来，把头靠在床沿上，环顾了一下四周，自己手上插着一根输液管，旁边是另外两张病床，窗外天已经透亮，墙上的钟显示已经 11 点了。

旁边的护士走了过来，微笑着对刘远说：“醒了啊，有什么感觉没有？”

“头……头晕……”

“现在还不能确定你得了什么病，有可能是累的，已经帮你抽血化验了。”

“好的，谢谢您，护士。”

“你的朋友有事已经走了，留了五百块钱费用，一会儿你拿身份证我给你登记一下，咱们好好做个检查。”

“好的，我先躺下休息一会儿，你先忙吧护士。”

“好吧，看来你是太累了，先歇一下，我去找医生给你看看。”护士转身走了。刘远重又躺回了床上，闭上了眼睛。

一个年轻的男医生带着护士走进了病房，却发现刘远的病床上已经空空如也。

医院外，刘远使劲揉了揉脑袋，似乎没有那么痛了，大体能够正常行动了。他很清楚在北京的大医院治病需要多少钱，而他现在既没有身份证，也无力支付医药费，躺在医院没有意义。

那么现在，他还是不知道到底得了什么病。他猜测自己可能受到了某种辐射。接下来，他需要赚钱看病，还需要身份证。

走在路上，刘远啃着剩下的半个馒头，一个穿着花裙子的小女孩蹦跳嬉笑着跑过身边，嘴里喊着：“爸爸，快走啊。”

刘远不由自主地把手伸向了小女孩，却迎来了一个快步走来的男人，警惕地看了一眼刘远，又赶紧跟着小女孩的脚步往前走了。

刘远眼睛紧紧盯着小女孩如花蝴蝶般欢快的背影，眼神不能挪动片刻，又把馒头塞到胡子拉碴的嘴边，轻轻咬了一口，眼泪却从眼眶中流了下来。

“唉……”刘远长长地叹了口气，心绪难平，一转头却看见一个穿衬衣打领带的小伙手里拿着传单靠近了他，“哥，开户吗？牛市来了，千万不要错过哦！”

证券营业部的交易厅里人声鼎沸，大爷大叔们围在交易机前，喜气洋洋，而屏幕上是一只只红彤彤涨势喜人的股票。

刘远的眼睛不自觉地瞪大了。如果能抓住这波机遇，赚一把，就能有钱治病，也不用风餐露宿了。

可自己连个身份证都没有，也开不了户，更没有本金。尽管机会就在眼前，却也没法儿抓得住，刘远叹了一口气。

刘远继续着打零工的生活，但他再也没有遇到过老冯。萍水相逢，对方能够留下五百块钱，已经够意思了。本身就连自己都养不活，又怎么可能带着一个生病的累赘呢？治病要花的钱，真不是打零工能够赚到的。

还好刘远已经学会了在这样的环境下生存，去找活、干活、吃饭、睡觉，勉强糊口，被人呼来喝去，被人鄙视，在这个偌大的都市用最低的标准活着。

想到自己原有体面的工作、温馨的家庭、让他牵肠挂肚的妻女，再看看现在的生活，刘远时常感到心如刀绞，却又无能为力，有时候半夜惊醒爬起来，希望这真的只是一场梦。

家就在不远的地方，却永远也回不去了，他成了孤魂野鬼。一想到现在的刘远抱着张莉，享受着这一切，刘远心里十分不是滋味，为什么倒霉的是自己呢？

不知道为什么，他的头越来越痛了，他知道，再不做点什么，很可能这条命就交待在这里了，也顾不了那么多了。

9 汪立

北京郊区的一处厂房林立的园区门口，刘远埋着头，眉头紧皱走了进去。前面那座办公楼，正是半个月后汪立跳楼的那栋。看看那栋楼，刘远颇多感慨。穿越之前，汪立给他带来了极大的震撼，那么今天之后发生的事，能够改变这一切吗？

平心而论，刘远现在到这里来，并不是为了汪立，而只是为了自己。他连自己、连家人都管不了，哪里还管得了汪立呢？他只是想寻找一个机会，给自己一个机会，能够继续活下去。

刘远走进了办公楼，来到了三楼一间挂着“华远国际贸易有限公司”牌子的屋子里。这是个不大的屋子，里面办公桌旁坐着一男一女两个年轻员工。刘远指了指里间，问道：“汪总在吗？”

女员工站起身答道：“在呢，就在里面。”

十多平米的办公室里间，身材肥硕的汪立正盯着电脑屏幕上的股票图形，头上冒着汗，脸上挂着笑。屏幕上一片红色，身后的墙上挂着龙飞凤舞的“天道酬勤”匾牌。

“汪总。”刘远走进了里间。

“哎哟……”汪立扭过头来，看到了刘远，赶紧站起身来，走出老板台，“刘总怎么来了，来，坐坐坐……小王，赶紧给刘总上茶。”

外间的小姑娘赶紧拿进来一个茶杯，装上茶叶又在饮水机上浇上热水，恭敬地给刘远放到了沙发前的茶几上。

“谢谢啊，今天来找汪总啊，是要说点事。”好久没有受到这样的礼遇，刘远忽然有点不习惯。

“哦？咱们的合同续签没问题吧？什么事劳您亲自过来跑一趟呢，也没提前打个电话。”汪立满脸堆笑，把茶杯往刘远面前推了推，又看了看刘远蓬乱的头发和皱巴巴的T恤。

“合同？哦，今天不是跟您来说合同的。”说罢，刘远站起身来，关上了里间的门。

“啥事啊刘总？”汪立看着有些拘谨的刘远，流露出诧异的表情。

刘远在沙发上重新坐定，坐直了身子，一脸严肃：“汪总，接下来我要说的事情，恐怕要颠覆你的世界观。”

“哦，刘总你这是咋的了……”汪立又看了看刘远憔悴的面容，顿时紧张了起来，皱起了眉头。

“你知道吗？我是从7月6号，穿越过来的。”

“嗯。嗯？！什么？穿越？7月6号？今天不是5月26号吗？”

“对，我是从一个多月后穿越过来的。”

“你……刘总你怎么了，不会是科幻片看多了吧？”汪立不由得缓缓站起了身子，用怀疑的眼神不住打量着刘远。

“你真的是刘远吗？”

“我就是，最近你和我们公司有一个厂房续租的合同要签，半个月前，你给我塞了五万块现金在送我的茶叶盒里，想让我帮你降租金，我给你把钱送回来了。”

“嗯，这件事情，只有我和你知道……”

“你不知道的是，后面合同还是签了，当然，现在国际贸易越来越好做，仓库紧缺，租金没降。”

“你，我……”

“我知道你不相信我，没关系，你看看宇拓新材这只股票，现在应该正在大跌，一会儿就涨停了。”

“哦？我来看看……”汪立皱着眉头端详了一番刘远，在他的印象中，刘远是个稳重成熟的人，不会跟他开这种国际玩笑，他也很好奇刘远葫芦里到底卖的什么药。

汪立回到办公桌前，敲击了几下键盘。“嗯……嗯……宇拓新材，现在还跌五个多点，离收盘只有一小时了，涨停？”汪立把电脑屏幕转过来，对着沙发上的刘远，“没怎么关注过这只股票，我还是爱我的镇拓建设，赚了五十个点了……”

“镇拓建设今天要跌停的，我也买了点，会有人在今天砸盘的。”

“呵呵，刘总，我实在是搞不懂你在说什么。”汪立再次坐回到刘远面前，“你今天来找我说这些，到底是为了什么呢？是遇到了什么困难呢……这样啊，你等等，我给你打个电话。”

汪立眯眼调侃地笑着，伸手从办公桌拿起手机，从通讯录中翻出刘远的号码，拨通了电话。几声嘀嘀的声音过去之后，电话接通了。“喂，汪总，有什么事吗？不是说清楚了吗？”

里面的人声音与眼前的刘远一般无二，汪立眼睛顿时瞪大了，嘴张大了都合不上。

“汪总，你在吗？怎么不说话呀？”

“啊……嗯……”汪立张口结舌，努力稳定了一下情绪，脸上迅速堆起了笑容，“刘总刘总，抱歉，刚才信号不太好。是这样，上次的事情您别见怪，我打电话是为了给您赔个不是，做生意嘛，总得有点方式方法的，希望后面啊，我们还能合作好。”

“嗯，咱们这么久的朋友了，不用来这个，能帮你做的，我肯定会帮你，确实没办法的，现在行情你也知道，我们没涨价就不错了。”

“知道了，刘总，你看这几天有没有空出来我们一块儿坐坐呢？”说着话，汪立瞟了瞟沙发上的刘远，拿起一张纸巾擦了擦额头上的汗。

“吃饭当然可以，就不要给我藏些什么了。哦，我这里还有个会，咱们回头约，我请你……”

“好的好的，刘总，你先忙，我找个地方跟你约……”

挂断了电话，汪立呆立在原地，看着眼前的刘远，不知道该说什么。

“看看。”刘远向电脑屏幕前努了努嘴，屏幕上宇拓新材的曲线陡然向上，已经从刚才跌五个点，到现在涨五个点，而且不断有万手买单成交，拉着价格一路高歌。

“这……这……”汪立指着屏幕，瞪大了眼睛。为了防止电脑出问题，他又打开了手机上的股票软件，查到了宇拓新材，转眼间已经涨了7个点了。

“我……我……我要不要也买点？”汪立搓了搓手，神情紧张，在屋子里团团转，肥硕的脑袋上布满了细密的汗珠，努力消化着这一会儿工夫接收到的信息。

“等等！你说我的镇拓建设今天要跌停？！”汪立指着刘远的鼻子厉声道。外屋的两个人被吓了一跳，小伙子忐忑不安地敲了敲门，“汪总，有事吗？”

“没事没事……你忙你的。”汪立咬了咬牙，不住地端详着眼前的刘远。

“对！现在你最佳的策略是，立即抛掉镇拓建设，买进宇拓新材，宇拓新材明天还会继续涨停，明天一字板你就买不到了！”

“你……你……我……我……”汪立手指哆嗦着指着刘远，“我就不信了……”

汪立点了一下手机，显示镇拓建设已经跌了六个点了。

“这……这……最近股票震动是有点大……”

“我知道汪总还是不信，没关系，马上收盘了，一会儿就会见分晓，还有明天。”

“告诉我你没有骗我！”汪立紧紧抓住了刘远的肩膀，目光灼灼直视他的双眼。屋外的小伙子吓得噌地站了起来，看了一眼房门，踌躇片刻，又坐下了。

“我没有骗你。”刘远一字一顿。

“罢了！”汪立一咬牙，坐回了办公桌前，眼睛死死盯着屏幕，鼠标键盘一顿忙活，终于停了下来，身子向后一仰靠在了太师椅上，张着嘴看着天花板，又转头看了看刘远，重又眉头紧皱盯住了电脑屏幕。

屋里陷入了死一般的寂静，尽管屋里开着空调，穿着短袖衬衫的汪立依然满头大汗，眼睛死死盯着屏幕，时而扫一眼刘远，又赶紧把目光移到屏幕上。

随着墙上的石英钟逐渐指向3点，汪立汗珠密布的脸上露出了惊喜的笑容，满脸写着不可思议。

“刘总……你……远哥……这是怎么回事，我……”汪立呆呆地走向刘远，手足无措。

“都跟你说了……”刘远无奈地摇摇头。

“你……我刚才……刚才赚了三十万……”汪立使劲掐了自己的脸一把，“如果……”

“如果你一直听我的，就能瞬间赚大钱……”

汪立的眼神顿时兴奋起来，看了看门口，“走，远哥，咱们找个僻静的地方说话！”

幽静的茶馆包间里，只有刘远和汪立两人，汪立特意叮嘱倒茶的服务员没有招呼不要进来。

刘远跟汪立讲了自己穿越和之后的这一段经历，汪立时而瞪大了眼睛，时而双眉紧锁。他不敢相信这是真的，可是今天的股市却又完完全全如刘远所料，让他不能不信。

即便刘远找人操纵这两只股票，那可得动用十几亿的资金哪。真干这事，有这个资金量，又犯得上告诉自己这个身价仅千万的小老板吗？

那么刘远有了这样通天的能力，却来找自己，并不是对自己多么欣赏信任，恐怕也是陷入绝境，被逼无奈，没的选择了。这样发财的机会，已经不是千载难逢，而是亘古未见了，可得把握住了。

“这样，远哥，我出账户、资金，你出信息，我们炒股赚了钱大家分！”汪立急不可耐地赶紧表态，十分兴奋，坐在他眼前的已经不是刘远，而是一座金山。

“我也是这个意思，可以的话，赶快操作，因为后面股灾马上就来了。”

“哦，是吗？行情这么好，怎么会呢？”汪立诧异地看着刘远。

“等到大家都疯狂了，就再没有更多的钱可以进来，那就只能往下跌，崩盘了。”刘远摇了摇头，这也是他在崩盘以后才知道的。

“哦……那咱们赶紧的，我这里刚刚赚了些，不瞒你说，又去凑了两千万，正准备投进去呢！”

“借的高利贷吧？”

“嗯，利息是不低，不过跟能赚到的钱比，不算啥。这样，咱们赚了对半分，利息算我的！”

“嗯……”刘远对于对半分这样的提法并不太满意，因为他的信息是无价的，但是事到如今……突然，刘远感到头一阵剧痛，一只手捂住头，另一只手打翻了桌上的杯子。

“怎么了远哥！怎么了！”汪立紧张地扶住刘远，“又头痛了？赶紧去医院检查一下，脑子是最根本的，身体是本钱啊！”

“不要……不要去公立医院，我没有身份证……”

“那咱去最好的私立医院，赶紧走吧……”

宽敞明亮的专家诊室里，头发花白、儒雅持重的男医生背着手，对着墙上灯箱里的几张片子看了半天。

“从这个片子上看，没看出你的大脑有什么问题啊。”医生疑惑地回过头来，“这该检查的都检查了，我们医院的设备都是最先进的……”

医生皱着眉头重又坐回了刘远对面：“嗯……嗯……这样，我们先给你开点止痛的药，你呢，注意休息，不要太劳累。我再组织几个专家看看这个片子，很奇怪。”

“大夫，您就开最好的药，一定不要让他再头痛了，钱不是问题。”汪立满脸堆笑在旁边候着。

医生瞥了一眼汪立，念出一串药名，旁边的护士噼里啪啦输入了电脑。

汪立拎着一兜子药，扶着刘远走出了医院。

“汪总，谢谢你，让你破费了吧……”

“看远哥这话说的，没多少钱，两万五……”

“那从我们赚的钱里扣吧……”

“小事，别跟我见外，走吧……”

10 股市

北京郊区的一处半新不旧的小区，一辆黑色轿车驶入，停在了一栋六层小楼前。

汪立打开房门，把刘远迎进去，神情似乎刻意显得热情和大方，满脸笑意："来，远哥，我平时运货忙的时候就在这里将就一晚，离仓库近，条件是差了点，不行远哥你先在这里将就着，别嫌弃啊。"

"哪敢嫌弃啊，谢谢汪总了，现在能有个落脚的地方就不错了，这里很好的啊。"刘远看着新装修还算周正的屋子，比自己栖身的旅馆和天桥底下不知道强了多少倍。

"这个手机你先用着，是我名下办的卡，想怎么用就怎么用，股票信息也能查看。"汪立递给刘远一部大屏幕的智能手机，并附上一沓新鲜的红彤彤的钞票，"有什么需要，随时给我电话。这里有五千块，先拿去用，不够再说。"

"汪总考虑真周到。"刘远感激地接过手机和钱，一时百感交集。这一段颠沛流离的，他已经很久没见过这么多钱了。

"远哥，这都是小意思，咱们这次干票大的，都指着你了，我又找人挪了五千万，后面再想想办法，这把咱哥俩一举腾飞！"

"嗯……"即便自己已经知道行情，刘远依然为汪立的胆大而心惊。

面对这么大的诱惑，实在让人无法拒绝，倾家荡产也要搏一把的。

后面的行情果如刘远所料，他说哪只涨停，哪只就真的涨停。一开始的两天，汪立还是有些信不过所谓的穿越，只投了不到三分之一的本，后面的结果让他悔得后牙床都快咬掉了。接下来的日子里，汪立将全部资金投入了进去，为了不引起注意，他还分散投了三只股票，每一只当天都无一例外涨停了。

汪立的情绪已经接近疯狂，这样赚钱的日子，比他走南闯北甚至只身前往南美、非洲跑贸易，不知道要容易了多少！跟几个哥们儿喝酒的时候，他抑制不住地透露了自己对股票的操作，神秘兮兮地告诉几个生意伙伴明天哪只股票要涨停。当发现第二天真的涨停了，对方立即将汪立奉为上宾，成天找他喝酒洗脚。

当然，这些消息都来自刘远。刘远能够回忆起来的，其实也就是当时关注过的几只股票，而且离“6.12”股灾的来临已经越来越近了，他们的操作快要到头了。尽管听说有人可以通过股指期货做空赚钱，但刘远也不太懂，不敢贸然让汪立操作。汪立自然也是不懂的。

汪立的资本持续增长，他已投入了所有可动用的资金，包括所有能借到的金额，总数已超过一亿。尽管有两次刘远说的股票第二天并没有涨停，只涨了五六个点，但狂热的汪立并没有太当回事。而请他喝酒的生意人，也已经赚得盆满钵满。一时间，在众人的追捧下，汪立陶醉于众星捧月，志得意满。

2015 年 6 月 8 日，离股灾已经越来越近了，汪立来到了刘远住的房子里。

“来，远哥，吃个烧鸡，咱哥俩喝点啤的。”汪立把烧鸡放在茶几上，又从冰箱里拿出两瓶啤酒起开。

坐在汪立对面，刘远皱了皱眉：“汪总，这段时间咱也赚了不少了，是不是可以把那一半给我了啊？”

“远哥……”汪立停下了手里的活计，顿了顿，“我呢，借了不少钱，利息都挺高的，虽然说赚了不少，其实……也挺不容易的……”

“嗯？什么意思？”刘远诧异地看着汪立，用手指点了点他，“咱俩可是提前说好的啊，赚了钱一人一半！”

“嗯，是这样……”汪立搓了搓手，“远哥你看，我带你治病，给你房子住，都要花钱的，赚的钱嘛，没有我的本金，你一分都赚不到不是吗？”

“好你个汪立！”刘远心中一激灵，腾地站了起来，厉声呵斥着，“你想过河拆桥，觉得用不上我了是吧！我帮你赚了几千万哪！”

“别激动，刘总……”汪立平静地看着刘远，语气坚定，“我有两个孩子需要抚养，我妻子没有工作，这些年我四处奔波，随时都在为生活奔波，每一分钱都来之不易。我投入的资本帮我们赚到了这些钱，自然应该归我。”

刘远颤抖的手指指着汪立，只觉得胸口一阵堵，扑上去抓住了汪立的衣领，把他从沙发上拎了起来，扬起了拳头。

对着刘远的脸，汪立却是一脸漠然：“刘总，别动手啊，到时候报警抓你，你还不知道要被抓到哪里去呢。”

“姓汪的，你……”刘远一脸愤怒，却也知道奈何不得汪立，只得松开了手，颓然跌落在沙发里。

“看来咱哥俩今天是喝不成了，那我走了。”汪立站起了身。

“你赶紧滚！”

“刘总，念在你帮了我的大忙，这里有一万块钱，算是给你的信息费。”汪立从包里拿出一沓钞票，放在茶几上，看着刘远摇了摇头，转身向门口走去。

怒不可遏的刘远跳将起来，抓起茶几上的钞票，奋力扔向汪立。

“滚！”

钞票呈天女散花状撒向汪立，又一张张缓缓落到了地上。

汪立冷冷地回了一眼，无声地打开门，然后离开了房间。

刘远坐在沙发上，紧皱着眉头，使劲抓着自己的头发。他陷入了深深的绝望，如此的处境，最后一点筹码还是没了。

他不甘地叹了口气，抬起头来，蹲在地上一张张地捡拾着钞票，一脸颓然。

2015 年 6 月 9 日星期一，上午股市开盘之后，涨势喜人，一如刘远预料的，汪立持有的股票也涨了不少，走在了奔向涨停的路上。到了下午 1 点一开盘，却忽然出现了很多卖盘，打掉了汪立股票上午所有的涨幅。这让汪立很有些迷惑。

然而几乎是一瞬间，整个股市突然出现了不知道哪里涌出来的巨大卖盘，又带来了一波又一波的冲击，让各只股票一路探底。到下午 2 点，已经有一千多只股票跌停了。

对着手机屏幕，刘远错愕不已，这样的场景难道不应该在三天后的 6 月 12 日出现吗？

下午 3 点，收盘了，两千多只股票跌停，想卖都卖不出去。这种惨状已经超过了刘远记忆中的“6.12”大跌，整个大盘都几乎跌停了。

这是怎么回事？汪立坐在办公室里，一头冷汗，一脸难以置信。冰与火的转换，几乎就在一瞬间，让人连反应的时间都没有。

让刘远和汪立都没有想到的是，汪立的操作和他散布出的消息，产生了蝴蝶效应。等很多人知道 6 月 12 日会有股灾，就会有人提前逃跑，从而像多米诺骨牌一样引发了雪崩。

这天晚上，汪立一夜未眠。第二天一开盘，两千多只股票一字跌停，连出逃的机会都没有。这让汪立彻底傻眼了，而更加考验他神经的是，这种状况持续了四个交易日，直到市场有巨大的政策利好来援。

汪立这几天几乎没怎么睡着觉，利好出台后的第二天，守在电脑前的汪立欣喜地看到整个股市几乎以涨停开盘，而汪立的股票也都涨停了。

终于有希望了！汪立终于稍微松了口气，揉了揉发黑的眼圈，不知不觉趴在桌上睡着了。

等他懵懵懂懂睁开眼睛，却发现眼前一片绿色，刚过了一小时，股市又跌停了！汪立几乎不敢相信自己的眼睛，暴跳如雷，大吼一声，搬起电脑显示器狠狠地砸向地面。

接下来的几个交易日，又是一连串的千股跌停，甚至出现了一千多只股票为了避免跌停，集体停牌的壮举。

简陋的出租房里，刘远放下了手机，轻轻叹了口气。在刘远的记忆中，这个行情几乎是无解的。

几天后，刘远在手机上看到了汪立跳楼自杀的新闻，比刘远穿越前提前了三天，是在一个深夜，尸体是第二天清晨被清洁工发现的。新闻的标题是《外贸老板身负巨债跳楼，股市淘金仍需谨慎》。

或许，这就是命？刘远叹了口气，他已经不似之前会对汪立的死心存惋惜或者同情。可怜的人必有可恨之处。

但是，自己今后又该怎么办呢？过去的刘远正霸占着自己的一切而浑然不觉。刘远坐在凌乱的简易床上，背靠着墙，双目空洞地望着斑驳的天花板，内心中尽是苦涩和茫然。

11 变故

汪立给的这一万五千块钱，对现在的刘远来说已经是一大笔钱了，让他能够花五百元一个月租下来一个单间，暂时可以不用为了生计奔波，停下来休养一下，好好想想将来怎么办。

这天晚上依然炎热，刘远不由自主地又来到了自家小区的门口。他已经不知道多少次来到这里，只是想再看看母女俩，有几次走得太近差点被张莉发现。

但是他记得这一天，自己在公司加班赶一个项目，张莉则带着萌萌去商场吃了比萨，玩了游乐园，然后才回的家。

该下班的都已经回家了，天气又热，路上人并不多，昏暗的路灯下，刘远戴着口罩站在小区对面的马路上，眼巴巴地望着小区入口。

终于张莉牵着萌萌在马路尽头出现了，萌萌一蹦一跳的，心情十分好，而张莉一袭长裙，脸上洋溢着幸福。

刘远心头一热，伸长了脖子，脚步不由得跨过了马路，往前跟了过去。

“哥们儿！”刚刚来到小区门口，刘远耳边忽然响起一声轻喝，感觉有人拉住了自己的一只胳膊。

刘远回头一看，不禁吓了一大跳。竟是过去的自己，穿着衬衣西裤，似乎刚刚下班。

“你是谁？你在跟踪我家人吗？”过去的刘远瞪着现在的刘远，目光锐利如刀，仿佛要看透他的灵魂。

“我……我……我没有，你在说什么？”刘远一时脑子里一片混乱，挣脱了抓住自己胳膊的手。

“兄弟，这是我第二次看到你跟踪她们，业务上有什么过节，有什么要求你跟我说，咱们好商量，不要伤及家人好吗？”过去的刘远目光如炬盯着未来的自己，却发现对方尽管戴着口罩，眉眼之间竟有几分熟悉。

“你……你……你在胡说什么？”刘远显得手足无措，语无伦次。他意识到这里不能久留，脑海中急速转动，寻找逃脱的办法。

过去的刘远突然一伸手，猛地扯下了刘远的口罩，两个人在一瞬间对视着同时愣住了！时间似乎在这一瞬间凝固了。

几秒钟过后，刘远猛地惊醒过来，转身撒腿飞也似的跑向马路对面。“哎哎……”过去的刘远也回过神来，赶紧全力追了上去，一眨眼刘远已经快要到达马路对面。

一辆黑色小轿车飞驰而来，看见前面飞奔的刘远，中年男司机手忙脚乱一打方向盘，向一边躲了过去，而对面迎来一辆破旧的面包车，情急之下慌忙向路边闪避。

只听砰的一声巨响，面包车撞上了跑出来的过去的刘远，巨大的冲击力将他撞飞了出去，重重摔在了地上。

血从过去的刘远头上流了出来，他躺在地上一动不动。小轿车已经开远了，伴随着一阵刺耳的刹车声，面包车停在了地上的刘远前面。头发蓬乱的中年男司机看着躺在血泊中的刘远，满头大汗，急促地呼吸着，双手紧紧握着方向盘。

很快，面包车拐弯绕过地上的刘远，向远方飞驰而去。

马路另一边，刘远看着躺在马路上的自己，浑身颤抖着，向前走了两步，却又停住了脚步。他哆嗦着从裤兜里掏出了手机，按下了“1，2，0”三个数字，却在这一刻犹豫了。

一个让他自己都震惊的想法忽然鬼魅一般浮出脑海。如果地上那个刘远死了，自己是否就能恢复以往的生活，重新回到张莉和萌萌身边？

刘远紧紧闭上了眼睛，一只手攥着手机，一只手撕扯着自己的头发，生生拔下来一把。他想要大声喊叫，却只在喉咙发出喀喀的声音。

另一辆轿车驶来，短暂在伤者前方停下，但很快又决然驶离了。几个行人路过，有的似乎避之而不及，有的踌躇片刻，走近了几步，还是走了。

地上的刘远头上的血在慢慢往外流，而马路对面的刘远，大汗淋漓地颤抖着，已经泪流满面，闭上眼睛蹲在地上痛苦地煎熬着。

十分钟过去了，一辆车停在了过去的刘远旁边，车上下来一个小伙子，谨慎地察看了一下刘远，拿出一个醒目的红色三角锥放在车后几米处，用手机对着自己的车和地上的刘远拍了很多张照片，终于打起了电话。

几分钟后，一辆警车闪着警灯鸣着警笛过来了。一男一女两个警察察看了刘远一番，另一个警察对着对讲机说着什么。

又过了十分钟，救护车开了过来，停在刘远旁边，从车上跳下来两男一女，简单翻看了下，把地上的刘远抬上了担架，救护车呼啸而去。

刘远赶忙拦下来一辆出租车，急匆匆地招呼司机跟上前面的救护车，一路紧赶慢赶开到了附近的一家医院门口。

担架被一路小跑的护士推进了一间抢救室。刘远用口罩蒙住了大半张脸，焦急地等在走廊里。他也不知道是盼望里面的自己平安，还是干脆没了。

一小时过去了，抢救室的门终于开了，头被裹得像粽子一样的刘远被推进了一间病房，而不多时，焦急的张莉在护士的带领下，快步如飞往病房里冲，与楼道里的刘远擦肩而过。

“啊！”看到病床上的刘远，张莉腿一软，蹲了下去，泪水夺眶而出，两只手紧紧抓住了刘远的胳膊。

“医……医生，他……怎么样了……”张莉使劲站了起来，又紧紧抓住了旁边医生的胳膊。

戴着眼镜的中年男医生面色凝重，“经过抢救，暂时没有生命危险了。你是病人家属？”

“哦……谢谢医生，谢谢……我，我是他妻子！”

“但是送来得晚了点，脑部失血太多，你要有心理准备，有长期昏迷的可能，甚至……可能变成植物人……”

“啊？！什么？！”张莉转眼看向床上的刘远，眼泪又开始止不住地流。

“可惜了，如果再早送来一点，或者还不会这样。”

病房门口的刘远听得真切，不禁呆立在原地。他一时无法消化眼前发生的一切。

蹲在地上痛哭的张莉，让他十分揪心，那一声声的哭泣仿佛刺在他心头的钢针，让他难以承受眼前这一切。

他双手颤抖着捂住眼睛，泪水却止不住地流淌下来。无力地转身，他匆忙地离开楼道，一路跌跌撞撞地走下楼梯，走出了住院大楼。

“啊……啊……”刘远对着夜空声嘶力竭地叫喊着，咆哮着，“为什么……为什么？！”

路过的人有意往远处避让着，一个男医生和一个护士静静地待在不远处，看着这个正在疯狂嘶吼的男人。

吼完以后，刘远垂头丧气地走出了医院，行尸走肉般在马路上转了一圈以后，又鬼使神差地回到了医院，在一个阴暗的墙角蹲下了。

他已经从刚才的疯狂中稍微恢复了些理智。晚上发生的这一系列变故，不仅给过去的刘远，也给张莉和萌萌带来了巨大的创伤。这个曾经无比温馨的小家庭在瞬间堕入了深渊。

当汽车撞上过去的刘远，将他撞飞的时候，因为那一声巨响，刘远回过头来，看到了飞出去的自己，头重重地砸在柏油马路上。

那样的力道，头骨未必经受得起，而大脑的重度创伤意味着什么，刘远还是有点常识的，刚才病房里医生的叙述，也说得很清楚了。

被撞的刘远没有当场死亡，如果躺在病床上一直醒不来，对张莉意味着什么呢？

刘远痛苦地思索着，不时地抓着自己的头，脑袋突然开始剧痛起来。他哆哆嗦嗦地从裤兜里掏出一个白色小药瓶，拧开盖子，试图往手掌心倒出一粒药，却不料倒在了地上。刘远急忙捡起白色的药丸，直接塞进了嘴里，用唾沫生咽了下去。

长呼出一口气之后，刘远甩了甩头，感觉脑子稍微清醒了点。他为张莉和萌萌的未来深深地担忧，又为自己当时自私的想法感到深深自责。

如果自己没有穿越，或者穿越以后不要出现在张莉和萌萌的面前，这一切是不是可以避免呢？如果过去的刘远被撞以后自己立即拨打求救电话，是不是那个刘远获救的可能性会大很多呢？

这两天，刘远都没有离开医院周边，他也不知道自己能干什么，就是不想离开。他多么想安抚一下张莉母女，可是近在咫尺却做不到。

在车祸发生的第三天下午，刘远看到张莉带着自己的父母走进了医院。刚刚六十岁的父母，两人相互搀扶着，魂不守舍的样子，原本花白的头发，现在几乎全白了。

病房里，柔弱的母亲看到身上插着各种管子、戴着呼吸器的刘远，抱住父亲痛哭流涕。本来想要劝劝母亲的张莉，最后也无力地蹲在地上掩面哭泣。

只有父亲还算坚强，努力安抚着母亲，嘴里说着没事的，远远会醒过来的，而眼泪也已经从眼角偷偷流下。

门口戴着口罩墨镜的刘远已经不能自已，他没有办法再看下去了，失魂落魄地跑出了医院，蹲在马路边上哭了起来。

12 家破

在医院周边待了一个多星期，刘远晚上像往常一样在急诊楼的地上躺着睡觉，有时候也去看看病房中的刘远。

这一天晚上，张莉像往常一样，牵着萌萌来看刘远。跟护士简单询问了下一天的情况，张莉神情有些失望，叹了一口气，佝偻着背坐在了刘远的旁边。

张莉脸色苍白，已经日渐憔悴。

“远，我又来看你了。你能感觉到我在这里吗？”张莉轻抚着刘远未被插针的右手，声音充满了温柔与哀求，“你看，我和萌萌来看你了，我知道你听得见，你快点起来吧，萌萌还等着你陪她玩呢……”

她自顾自地说着话，止不住抽泣起来，而懵懂的萌萌显然不知道到底发生了什么，小嘴嘟嘟地嚷嚷着，摇了摇了刘远的胳膊，“爸爸，爸爸，别睡了，快起来陪我玩啊”。

“萌萌，轻点摇爸爸啊……”张莉轻轻抓住了萌萌的胳膊，声音哽咽了。

“哦，爸爸，爸爸……”萌萌轻轻地摇晃着刘远的胳膊，她的大眼睛中闪烁着一丝困惑与期待，望着他等待回应。

而门边的刘远轻轻地“唉”了一声，泪水已经涌出眼眶，肩膀抖动起来。

萌萌望着病床上插着若干根管子的刘远，柔柔地说："爸爸你累了吧，那你就多睡一会儿吧，等你醒来再陪我玩积木哦，我都放书包里带来了。"

门口的刘远无法抑制地哭出了声，颤抖着朝萌萌的方向伸出了手，眼中是无尽的渴望。张莉眉头忽然皱了起来，回过头来看了一眼门口，空空荡荡。

鬼使神差般的，刘远来到了家门口，从兜里摸出钥匙，轻轻打开了门，走了进去。

缓缓地带上了门，刘远默默看着这个家里的一切，还是那么熟悉。屋子里已经不似以前整洁，衣服散落在各处，桌上摆着没有收拾的碗筷。

轻轻走进萌萌的小屋，刘远从粉色的小床上拿起萌萌最喜欢的毛绒兔子，紧紧抱在怀里、贴在脸上，坐在了床上，泪水浸湿了兔子。

刘远又来到他和张莉的卧室，墙上挂着的是他们一家的照片，有三个人的，有萌萌自己的，是他们在各处游玩的照片，无一不在传递着这个小家的幸福生活。

如果是以前，刘远会毫无顾忌地瘫到床上，好好休息一下，可是此时此景，在自己家里，他十分悲凉，甚至感到了拘谨。这可是自己的家啊！

刘远默默地坐在了书桌前，打开了电脑，熟练地输入了密码，打开了一个视频。

电脑屏幕上是一幅温馨的画面，绿树成荫的公园里，萌萌和张莉牵着手开心地笑着，蹦蹦跳跳往前走，萌萌对着镜头娇滴滴地喊着："爸爸，快点……爸爸，来啊……"

刘远终于抑制不住地放声痛哭起来，泪流满面。

桌子上一摞刚刚冲洗出来的照片，那是他们去长城游玩留下的，刘远拿起一张张照片，捧在手里端详着。

照片上，温婉清丽的张莉牵着萌萌胖嘟嘟的小手，母女俩在八达岭石碑前歪着头甜甜地笑着，用手比着“V”字。刘远傻笑着看着照片，眼泪又流了下来。

将这张照片轻轻地揣进裤兜里，刘远看了看挂在墙上的钟，他知道自己必须走了。

刘远从包里掏出汪立给他的那一万多红色钞票，全部放到了书桌上。虽然他也知道这点钱帮不到张莉母女什么，但他现在能做的也只有这些了。或许，这能让自己那濒临崩溃的内心稍微好受一点。

缓缓地将门带上，刘远走下了楼梯，走出了单元门，又汇入了人流，消失不见了。

简陋的出租房里，刘远看着照片上的张莉和萌萌，颤抖着拿出手机，拨通了一个熟悉的号码。

“喂，哪位啊？”话筒里是张莉的声音。

“莉莉，对……对不起……”刘远颤抖着，泣不成声。

“你是……”张莉听到声音如此熟悉，本来生硬的语气缓和了好多，“您是哪位啊？”

对方已经挂断了电话，手机里传来嘀嘀声。张莉诧异地放下手机，又看了看病床上的刘远，摇了摇头，叹了口气。

房门打开了，张莉一脸疲惫，牵着萌萌进了屋。萌萌蹦跳着进了自己的房间，抱起了毛绒兔子，贴在了脸上。

“妈妈，小兔子怎么湿了？它是不是哭了啊？”

“哦，小兔子哪会哭呢，宝贝。”张莉尽力维持平静，轻声回答萌萌，“快去洗漱，准备睡觉了。”

“妈妈，爸爸什么时候回家，给我讲睡前故事啊？我要听故事才睡得着。”

“爸爸……爸爸很快就回来了，今天妈妈给萌萌讲故事哈。”张莉摸了摸萌萌的头，努力微笑着，眼泪却不争气地流了下来。

转头擦了擦眼泪，张莉走进了卧室，发现桌子上那一沓钞票，她不记得自己放了一笔钱在这儿。

房间里有一股熟悉的气息，让张莉极力想去拥抱，她本能地像往常一样伸出双手，眼前却只有空气。

终于，张莉扑到了床上，把头深深地埋在了凌乱的被子里，“啊啊”地大哭起来。

门口的萌萌抱着小兔子，看着床上崩溃的妈妈，不禁也跟着哇哇哭起来。

不知为何，那天那个莫名其妙的道歉电话让张莉印象十分深刻，她几次把电话拨过去，都被挂断了。最后一次拨过去的时候，对方已经关机了。张莉记得刘远跟她讲过，律师可以根据电话找到机主的信息，于是她通过律师查了这个号码，登记的人竟是汪立。而汪立已经死了，现在也没有办法知道到底谁在用这个手机号，已经是死无对证了。

刘远自感已经无法再去面对妻女，也就不再去医院了。冷静下来之后，他重新梳理了自穿越以来发生的种种事情。这一个多月的经历，让他心力交瘁。

他不明白自己究竟做错了什么，要得到这样的惩罚。这错位的人生，到底是谁害他这样。是时光穿越，还是他的心魔？

他反复叩问内心，是不是自己亲手毁了这一切，因为自私断送了妻女的生活吗？

曾经想要回家的他，已经顾不上自己今后怎么活，只想让自己的妻女能够回到过去宁静幸福的日子。

他夜夜难眠，即使偶尔入睡，也总被同一个恐怖的梦境惊醒：一辆失控的卡车在马路上向张莉和萌萌疾驰而来，随着一道刺眼的白光，一切又迅速模糊消散。

当再次从噩梦中惊醒，刘远满头大汗，头又开始剧烈地痛起来。掏出药盒，从里面倒出最后一粒药，刘远胡乱地塞进嘴里，吞了下去。

头脑稍微清醒一些之后，他终于决定做点什么，从床上爬了起来，拿起桌上皱巴巴的几张零钱，走了出去。

13 方治国

这些天方治国心情一直十分糟糕。没想到好友刘远的命运如此多舛，都快要到家了，还遇到车祸。肇事逃逸的司机是抓到了，可是刘远现在躺在了病床上，也不知道什么时候能醒来。

出事几天后，方治国和柏刚都去看望了刘远，面对张莉他笨嘴拙舌也不知道该说什么，只是拿出来自己攒的十万块钱工资，想给张莉解一下燃眉之急，以后的路还长着呢。

张莉说什么也不肯收，说着能来就行了，只是说以后有什么困难再去找他们帮忙，现在还不缺钱。而柏刚的确囊中羞涩，也急着想帮上一点忙。

方治国和柏刚不知道的是，另一个刘远就在病房门口默默地看着这一切。

方治国叹了口气，皱着眉头低头心事重重地走向一栋半新不旧的六层家属楼，从兜里掏出钥匙欲进单元门。

却不料一个身影拦在了自己前面。方治国抬头一看，只见对方摘下了口罩。

“刘远？！”方治国又惊又喜，“你……你好了？这么快？”

“治国，咱屋里说话，几句话讲不清楚。”刘远拍了拍方治国的肩膀。

二人走上了三楼，方治国激动得钥匙都拿不稳了，哆哆嗦嗦地打开房门，二人顺势走了进去。

“什么？！穿越？！”听完刘远的叙述，方治国几乎惊掉了下巴，大张着嘴根本合不上。

“对，就在你们研究所穿越的，当时你叫我和柏刚过去的，本想着去看看新鲜的东西，没想到……”

“那柏刚去哪儿了？”

“唉，不知道啊，反正现在的他还在。”

“那你和张莉现在这个样子，怎么办呢？”

“治国，这回你得帮帮我，你是科学家，我只能指望你了。”刘远紧紧抓住了方治国的肩膀，眼中满是期待。

“你说你说，我能帮的能不帮吗？”

“治国，我现在最想的，是让张莉和萌萌回到以前的日子。你知道吗，看到她们现在这个样子，我的心在滴血啊！”

“你快说我能帮你干啥！”

“是这样，我想啊，让我再穿越回一个多月以前，阻止这一切的发生！”

“哦？哦……”方治国冷静下来，低头陷入了沉思，“时光倒流……时空隧道……真的有啊……”

方治国抬起头来，又看了看刘远，“你跟我走一趟，我要确认一些事”。

病房里，方治国看了看病床上一动不动的刘远，又望向了门口的一个身影。

房门打开了，方治国拎着一个塑料袋走了进来，放到了沙发前的茶几上，冲着刘远喊道：“来，远远，吃几个包子，还有豆浆。”

“平时你晚饭都这么对付的？”刘远拆开口袋，用一次性筷子夹起一个包子。

“嗨，就自己一个人，讲究啥，心思都要放在研究上，哪有工夫做饭？”方治国在沙发上坐定，也拿起一个包子吃了起来。

“这里有你要的药，可老贵了，我一个月工资呢。”

方治国又从兜里掏出一个白色的药盒。

“还是哥们儿好。”刘远接过药，打开包装，拿出一粒赶紧塞进了嘴里。

“你说，我为什么会头痛流鼻血啊？在医院也没查出来。”

“有可能是受了什么辐射，我也不是医生，哪里知道？你跟我再仔细讲讲那天晚上的经过吧，还有什么遗漏的细节没有，我好帮你，而且我也特别需要这些东西。”

“嗯，差不多就这些，那天你非要留在实验室，也不肯逃跑，我和柏刚劝不动你，就只好走了。”

“那种千载难逢的机会，我一辈子都不会再遇到了，不可能走的。所以我特别需要知道到底发生了什么。”方治国吃完一个包子，又拿起另一个，“你记不记得，那个操作台上，有个特别大的红色数字，后来到多少了？”

“是有那么个数字，当时你说那是光速的倍数，一开始是0.1什么的，后来就不停地增加，0.2，0.3，然后你特别激动，机器就出故障了，我们就跑了。”

“那最后那个数字变成多少了？”

“我记得最后一眼看那个数字，已经是0.6了。”

“什么？！”方治国腾地站了起来，手里的包子都掉到了茶几上，又滚到了地上。

“不可能，我们这台机器，跟世界先进水平还有很大差距。现在世界上最先进的粒子加速器在法国和瑞士的边境，已经达到0.999倍光速了。我们的机器极限是0.2倍光速，你确定没记错？”

“那个数字很大，我不会记错的。”刘远思索片刻，“哦，对了，我记得我们跑的时候，听到你那里大喊，‘超过光速了’，好像疯了一样！”

“哦！”方治国坐下来紧紧抓住刘远的肩膀，急切地问，“那你看见操作台上的数字没有？！”

“我没有啊，我们都跑出去了，感觉像被卷进了一个旋涡里，然后突然就没知觉了。你把我都抓疼了……”刘远挣扎着。

“嗯……”方治国放开了刘远，托着下巴一边思索，一边喃喃自语，“时空隧洞，难道是真的……”

“我都已经在你面前了，还有什么真的假的？你赶紧想想，怎么帮我穿越回去吧！”

方治国长长地呼出一口气，皱着眉头一边沉思，一边诉说。

“按照爱因斯坦的广义相对论，时空并不是静态的，而是可以被物质和能量所影响。如果说宇宙是一块四维的布，那么物质和能量就像是放在这块布上的球，球的重量会让布下陷。这个下陷，就是我们所说的引力。而时空穿越，本质上是用引力把布的两端叠在一起，在布上挖出一个洞，从这一点直接跳跃到另一点，这就形成了时光隧道。”

“嗯……”刘远皱着眉头聚精会神地听着，极力想从方治国的话里找出希望，尽管似懂非懂。

“如果物质运动超过光速，就会产生巨大的引力，有可能造成时光隧道。”

“明白了，那咱们赶紧的。”

“现在的问题是，我们实验室中的那个设备，理论上是不可能达到光速的，最大限度也就是 0.2 倍，达到甚至超过光速，到底是怎么做到的呢？”

“嗯？”刘远看着一脸疑惑的方治国，心里有点发虚，“治国，你水平这么高，又肯钻研，一定能想到办法的，对吧？”

方治国站起身来，走到书架前，拿下一本厚重的物理学论著，翻到一张带有复杂数学公式和图示的页面，喃喃自语："看，这里有一些基于量子力学和弦理论的推测，它们为我们提供了一种可能性，即通过特定的能量场，强行扭曲时空，创造出微型的'虫洞'。"

方治国放下一本书，又拿出另一本打开，翻看起来，眉头皱成了川字。这一看，就是两小时。

而刘远也不敢说话，唯恐打扰了他的思绪。

又看了几本书，方治国神色肃穆地来到白板前，奋力擦掉上面的一堆字母公式，又写上了另一堆。一会儿又跑到电脑前，打开程序演练起来。

屋子里，方治国自顾自地研究，时而背着手来回踱着步，时而在白板上奋笔疾书，但再也不说话了。刘远似乎成了空气。方治国从下午一直忙活到午夜，刘远终于熬不住睡着了。

刘远睡眼惺忪再度睁开眼睛时，看到方治国双目呆滞，正坐在地板上吃一个包子。

看到刘远醒了，方治国拿出一个包子递给他，"今天是7月6号，你上次穿越的日子。吃点东西，晚上跟我去研究所，咱们试试吧。"

"哦？"

"在计划当中，今天晚上确实有一场测试。"

已经入夜了，华北物理研究所门外，刘远正欲跟方治国一同进去，方治国却突然停住了脚步。

"等等。"方治国拦住了刘远，"咱们很可能一次不成功，你要是老进去的话，会引起单位怀疑的，一次两次看看热闹还可以。"

"那怎么办？"

"这样，你在那边墙角等我，不要引起别人注意。"

"好的好的。"

“时空隧道这么大的事，我都没跟领导汇报，是要犯纪律丢饭碗的。”方治国拍了拍刘远的肩膀。

“谢谢了兄弟，帮帮我。”刘远紧紧握着方治国的手，眼里尽是期盼。

“在那儿等我，有眉目我手机打给你，然后过来接你。”方治国点点头，转身向门口走去。

等在围墙边上的刘远焦躁地来回踱着步，不时地看看手机。终于手机铃声响了，号码显示是方治国。刘远赶忙接通电话，只听得里面嗞嗞地乱响。刘远大声地“喂喂”喊着，却不料手机竟冒出火星，屏幕上一片空白。

天空中传来一阵低沉的轰鸣声，刘远抬头一看，一个巨大的旋涡翻转着，里面一道闪电劈来，刘远只觉得天旋地转，顿时失去了知觉。

14 这又是哪里

刘远眼皮闪了几下，终于蒙蒙眬眬地睁开了眼睛。冲天的树木高耸入云，树叶繁密遮住了大部分天空，只有斑驳的阳光从叶隙中洒下，几缕恰好照在他渐渐睁开的眼睛上。

刘远勉强支撑起身子，低头一看，竟发现几只老鼠正在他腿上窸窸窣窣地寻找食物。他心中一惊，连忙抖动双腿，将它们惊散。

这是在一片茂密的树林中，这种笔直冲天的树刘远从未见过，而且周边没有任何文字标识。地上杂草丛生，落叶也是厚厚一层，一股泥土腐败的气息，感觉根本没有人工雕琢的痕迹。

周围这些陌生的植被，了无人迹，让刘远猜想自己是否再次穿越了，难道这是北京郊外某个未曾踏足的荒野吗？刘远去过西边那一片，有很多山，还没有被开发过，自己许是到了那里。

赶紧找个地方问问吧。刘远心中忐忑，并不清楚是不是真的如愿穿越回了一个多月前。但愿如此，张莉母女的未来如今就攥在他手里了。

汪立给他的手机在穿越时已经冒烟了，屏幕上一片空白，根本开不了机了。刘远想着朝一个方向一直走，终归会遇到公路，或者什么人，那样就能搞清楚状况了。

走了一会儿，他发现头上的太阳越来越高，阳光越来越刺眼，那现在自然是中午了，刚才太阳的方向，应该是东边。

他庆幸自己一直大体在往东边走，因为东面应该就是北京市中心的方向。

然而刘远感觉走了几小时了，依然没有走出这片树林，也没有看到有什么高地，或者建筑，只有千篇一律的树木，和几只好奇的松鼠。

这漫无目的的游荡和四处雷同的树木让刘远心中越来越不安，他开始担忧，若再找不到出路，生存将成为一个严峻的问题。他很久都没有喝水，必须赶紧找到水源，或者是找到人。

刘远不禁大声呼喝起来：“有人吗？救命啊！……有人吗？”然而除了惊飞了几群聒噪的鸟，并没有得到任何回应。

嗓子喊累了，刘远只得步履蹒跚地继续往前走，前面二三十米远一丛灌木中枝叶摇晃，窸窸窣窣地探出来一个硕大的身影，站定了远远看着刘远。

刘远顿时惊呆了，这是一头一米多高、将近两米长的动物，耳朵竖立似乎像狼，但脸却是圆的，粗壮的四条腿牢牢杵在地上，看起来就善于奔跑。

“这到底是什么东西？”刘远惊恐万分，从未在动物园或电视上见过这样的动物。

而对方似乎也心存忌惮，浑身金黄色的毛已经立起来了，只是站在原地目露凶光盯着刘远。

刘远已经觉察到自己的腿有些哆嗦，而灌木丛中却又涌出了五六只这样的动物，体形大小不一，都比刚才那只要小。

最早出现的那只黄毛似乎下定了决心，瞪着刘远用一只前爪抓了抓地，仰头长啸一声：“嗷呜——”

这一声“狼嚎”让刘远听得心里直发怵，瞬间对方已经率队冲了过来。刘远赶紧转身就跑，不停地就着树木绕弯子。他知道，要跑直线很快就会被扑倒。

即便如此，刘远与黄毛之间的距离也在不断缩短，刘远心中满是绝望，这到底是哪里啊？！

终于，刘远在前面乱岩之中看到一个小小的山洞，赶紧半蹲着身子冲了进去，折下洞口的小树，转身向外面大声怒吼着，使劲扑腾。

几只动物在外面转来转去，露着獠牙，不断地吼几声，却也拿刘远没有办法，几只试图逼近，被刘远手里的树枝给扑到了身上。

几个回合过去后，“狼群”看占不到便宜，便退走了，黄毛走之前，不忘朝着刘远的洞口“嗷呜——”地长啸了一声。

见“狼群”走远，刘远尽管疲惫不堪，也不敢怠慢，找了几个石块和树枝把洞口给封了起来，自己坐在地上喘着气。这是个半人多高的洞，深不过一两米，勉强能容下刘远。

真的是要命啊，这都是什么东西？难道是想吃了我吗？刘远被彻底搞糊涂了，联想这些树木和动物，都不可能在北京周围出现的。而刚才那些似狼非猪的东西，凭刘远的认知，根本就不是现在地球上的动物啊！

刘远猛然意识到自己不可能在这个憋屈的山洞里待太久，他必须出去找水和食物，否则没过多久就会渴死饿死。

透过手里的树枝仔细观察了周围的情况之后，刘远终于畏首畏尾地从洞里爬了出来。他不能离这个洞太远，走远了不仅会忘了这个洞的所在，还会来不及逃回来。

灌木上长着一些红色、橙色颜色鲜艳的小浆果，金钱橘比它都大了几倍，刘远摘下一个，正欲塞进干涸的嘴里，却无奈地停下了。

如果这玩意儿有毒，自己一下就没了。刘远痛苦地闭上了眼睛，再睁开时，却发现有只松鼠正在不远处抱着浆果啃。

刘远大喜过望，赶紧轰走了松鼠，自己摘下浆果往嘴里塞，尽管味道酸楚，但水分和维生素是有的。

吃了一圈浆果，刘远终于填饱了肚子，甚至有了尿意，在一棵树旁尿了起来。

刚尿到半截，忽然远处黄毛从一棵树后又出现了。刘远慌忙提起裤子，飞快地钻进了山洞，拿着树枝警惕地看着外面。

黄毛并没有过来，而刘远已经不想再出去了。

渐渐入夜了，月光透过树叶照在落叶上，像是给地面蒙上了一层薄纱。

刘远回想着今天发生的一切，还是不知道自己究竟在何时、何处。这次的穿越显然环境比前一次要凶险得多。

看着树叶之间露出来的星星，他已经不知道在北京的家到底在哪里。他曾经奢望能够回去，但是现在想着的只是让张莉母女能够继续幸福宁静地生活，不要让自己去破坏掉这幅美景。

可是现在他连自己在哪里都不知道，甚至在这样一个环境下，能活多久也不知道。外面还有怪物在虎视眈眈，随时可能扑过来把他撕碎。填了些浆果的肚子，在两泡尿之后，又开始咕咕叫了。

“唉……”刘远深深地叹息着，渴望让紧绷的内心得到片刻安宁。

刘远睁着眼睛过了一夜，天终于慢慢亮了。他拨开洞口的树枝，走了出去。

龟缩在这里，只能是死路一条，他必须找到一条出路。于是他一路向东走，并且观察着周边的状况，看看有什么可以吃的，直到他在树林中看到一个不大的湖泊。

刘远大喜过望，跑到湖边捧起湖水一顿畅饮，果然甘之若饴啊！

非常好！有了水源，生存的概率就大了好多，而且看着湖里被鱼类搅起的点点波纹，鱼也是可以吃的啊。

旁边一块缓缓移动的木头引起了刘远的注意。却不料木头从水中一跃而起，一张布满锯齿的大嘴大张着扑向刘远！

刘远吓得大叫一声，往后一跳躲过这一击，爬起来慌不择路地跑到一棵树后。

对方并不追赶，在岸上似乎有些笨拙。刘远从树后伸出脑袋，看到一个爬行动物缓缓爬行，头上长着两个枯枝般的角。这个东西长着长嘴和鳞甲，像是鳄鱼，却没有尾巴。

刘远冷汗淋漓，感到一丝绝望。这里危机四伏，自己随时可能成为这些怪物的猎物。

刘远唉声叹气，十分沮丧，一路继续往东走。前方的树林中，昨天见过的黄毛竟再次向刘远冲了过来，龇着牙凶相毕露，让刘远大惊失色，拔腿就跑。

在丛林中追逐了几个回合，饥肠辘辘的刘远满头大汗，腿已经发软，不料被一个树根绊倒，摔了出去！

而黄毛已经迅速逼近，纵身一跃扑向刘远！

电光石火间，刘远准备做最后的挣扎，是死是活就在这一刻了！

嗖！

一支箭矢插在了黄毛的脖子上，让它头一歪，哀号一声掉在了地上。

黄毛挣扎着爬了起来，被刘远一脚踢开。

又有几支箭矢飞来，有的扎中了黄毛，有的偏了，险些射中不远处的刘远。

汪汪汪……远处传来狗叫声，影影绰绰出现几个手里拿着棍子的人影和几只大黄狗。

黄毛的随从们看了看地上还在流血挣扎的黄毛，一看架势不妙，不甘地叫了几声，一窝蜂跑走了。

而这群人一边走，一边还在继续往黄毛身上射箭，不一会儿，黄毛身上已经插了五六支箭，再也无法挣扎，只是躺在地上睁着眼喘息着，身下一片血泊。

终于，躲在一旁的刘远看清了这些人的面貌。他们身材高大，蓬头垢面，胡须蓬松不整，一些人仅穿着简陋的草裙和兽皮，显得野性十足。其中还有两个应该是女的，身材矮小些，脸上俱是尘土，没有穿上衣。

这！刘远看着地上垂死的黄毛，再看看逼近的人群，一时不知所措。

“你们好啊，我叫刘远……”刘远连忙挤出笑容，哆嗦着试图跟他们套近乎，又看了看在旁边游走的大黄狗。这是他在这里看到的最正常的动物了。

为首的精壮大汉并不理会刘远，来到黄毛跟前，挥起手中的棍子狠狠砸向黄毛的脑袋，把它砸扁了。

大汉这才端详起刘远来，张嘴说道：“你是哪个部落的？”

“你会说话！太好了，太好了！我是刘远，是从 2015 年 7 月 6 号穿越过来的，我不知道这里是哪里……”

不承想大汉“啪”给他一个耳光，“我问你是哪个部落的！”

“我……我……”刘远被打得眼冒金星，张口结舌不知道该说什么。大汉一使眼色，旁边几个人一拥而上，抹肩拢背用藤条把刘远五花大绑起来。

“我……我不是坏人……”众人并不听刘远分辩，只推搡着让他往前走，一行十几人已经把血肉模糊的黄毛捆在木棍上，两个人抬着走。

见这些人并不理会自己，刘远也不再聒噪，只是默默地观察着这群人。从这些原始人，还有那些稀奇古怪的动物、从未见过的树木来看，他多半是穿越到了史前的原始森林。

可是这些邋里邋遢的原始人为什么会说话呢？刘远满腹狐疑，却也知道自己只能听天由命了。

15 皇上

困惑的刘远默默地跟随着人群，闷闷不乐。即便是这些人不绑他，他也不想逃跑。在这个地方，他又能跑到哪里去呢？跑了说不定死得更快。

人群押着刘远，扛着黄毛，一路有说有笑，似乎心情不错。也有人兴奋地拍了拍黄毛，吧唧了几下嘴，许是感觉到一会儿能饱餐一顿了，并没有多少人关心刘远的存在。

这些人能说的话似乎很有限，但刘远还是隐约听到有人在指着自己时，多次提到“奴隶”这个词。

这让刘远有了不祥的预感。

走了大概一个多小时，人群走出了树林，眼前呈现出了一幅让刘远都为之惊叹的美景。

一座不高的山丘旁边，是一条蜿蜒的河流，缓缓流淌。从河流的一边，到山丘上，是星星点点的木屋。有些人在屋前屋后的地里种着绿色的作物，还有人在果树上摘果子。

青山绿水，劳作的人们，让刘远有种到了世外桃源的感觉。

与这一幕不甚和谐的是，有一群人有男有女明显是被强迫劳动的，或是在地里耕地，或是在修建木屋。他们被绳子拴在了一起，有人在旁边拿着藤条不时叫骂抽打着他们。

而被抽打的人，却是一脸麻木，只顾埋头干活。这让刘远对自己的命运深深地担忧起来。

领头的大汉又仔细看了看刘远的穿着，想了想，对旁边的人说："先别让他干活，带他去见皇上。"

"皇上？"刘远心中涌上更多的困惑。他脑海中的历史知识告诉他，皇上是封建社会的产物，难道他们不是处在原始社会吗？

大汉并不理会刘远的迷惑，推搡着他往山丘上走。走过一个个低矮简陋、家徒四壁的木屋，终于来到了山丘的顶端。一块平地上矗立着一栋木屋，足有七八米见方，三米高，屋顶覆盖着精细的树皮和鲜花，显得与周围的简陋建筑格格不入。

大汉和一个手下押着刘远进得屋里，只见屋内正中间的长椅上铺着兽皮，一个身材魁梧健硕的老者正斜躺在上面睡觉。

老者白发披肩，脸上沟壑纵横，一道伤痕斜穿整个面部，赤裸的上身有或大或小的几道伤疤，让人望而生畏。

"父皇……"大汉恭敬地走上前去，轻轻呼唤老者。

老者似乎并未睡熟，缓缓睁开了眼睛，看了看大汉，"什么事啊，七娃？"

"抓到一个奴隶，穿的兽皮很奇怪，问他是哪个部落的，也不说。"大汉指了指刘远。

"哦？"老者坐起身来，看了眼刘远，顿时眼睛瞪得溜圆，"这……"

老者下得长椅，赶忙走近刘远上下打量起来。

"你从哪里来的？"

"大……大叔，我从 2015 年的北京来的，我叫刘远。"

"什么？！"老者一脸不可思议，"你……你叫刘远？"

"是的，大叔。"刘远尽力让自己显得恭敬些，因为现在自己明显被死死攥在别人手里。

“你……你叫我大叔？”

“是，对不起，皇……皇上。”刘远低头鞠躬，表示臣服，他深知识时务者为俊杰。

“刘远！”老者由惊变喜，忽然死死抓住了刘远的肩膀，对着刘远大笑起来，“刘远，真的是你啊！”

“你？！”刘远也惊呆了，上下端详着这位穿着兽皮原始人打扮的老者，不记得自己认识这么一个人呢。

“是我，柏刚！我是柏刚啊！你还记得我吗？”柏刚笑着，眼中带着泪光。

“什么？！柏刚？！”刘远简直不敢相信自己的耳朵，有点语无伦次了，“你……你……柏刚没有这么老的呀！”

“我跑到这里，已经四十年了！我也找了你四十年啊！你终于还是来了！”

刘远顿时惊呆了，难以置信地看着欣喜若狂的柏刚，和这个木屋里的一切。

“七娃，快给你刘远叔叔松绑，他是朕的好朋友！”

大汉手忙脚乱把刘远的藤条下了，十分诧异地看着两人，而柏刚已经把刘远紧紧搂在了怀里，激动得眼泪流了下来。

一盘热腾腾的肉被端上了坑洼不平的简易木桌，柏刚热情地招呼着刘远多吃一点。而刘远已经饿得前胸贴后背，自然不客气，抓起一大块大口吃起来，也不管是什么滋味。

“这条狼终于被我们干掉了，带着狼群吃了我们两个孩子了，我半岁的女儿也被它给叼走了。”柏刚也抓起一条狼腿，狠狠咬了一口。

“啊！你女儿被它吃了！”刘远不禁停下手里嘴里的活计，瞪大眼睛看着柏刚。

“所以这头狼必须死，还有它的狼群，迟早要杀光它们。不过朕……我老柏还有几十个儿女，数都数不过来，多子多福……”柏刚大手一挥，继续吃着狼腿。

刘远听到这个话又是一惊，不知道该说什么，只是默默拿着肉吃着。

“唉，我跟你说啊，在这里已经很不容易了，一不小心就没命了，我能活到现在，一个是我够强壮，还有就是命硬啊！”

“你……竟是这里的皇上……”刘远边吃着肉，边带着不可置信的目光审视着柏刚。

“是啊，他们都听我的，以前他们连话都不会说，后来跟我久了，就也会说话了。”

“哦，怪不得呢，我说原始人怎么还会说这些话。那咱们现在是在哪里？是什么时候啊？”

“这个事啊我也想了很久，想不出头绪就算了。我带着大家就在这一片生活，也不管什么时间地点了。可能咱们穿越到了远古时代吧，要不怎么会有这么多稀奇古怪的动物？”

“我想也是。”

“你以前不老笑话我四肢发达头脑简单吗？我可记着呢。你看，在这里身体强壮就派上大用场了。我刚来的时候，就用木棍制服了一头老虎，大家才能在这一片立足，所以他们才服我的。”

“我……四十年了你都记得我说的啊……”

两个人都为几十年后的再次相遇唏嘘不已，刘远把他穿越后离奇的遭遇讲给柏刚听，让这个铁塔般的老汉也不住摇头叹息。

两个人由一开始的有些拘谨，很快又回到了亲密无间的状态。断断续续，刘远终于了解了柏刚来到这里的一些遭遇。

柏刚刚刚穿越到这里也遇到了很多稀奇古怪的动物，根本不知道自己到底在哪儿，时间一长也就管不了那么多了。

在他遇到的这些动物当中，有一种呆头呆脑却跑得很快的兔子，被柏刚轻而易举用自制的诱饵陷阱捕杀，成为主食。

大约风餐露宿了几十天，柏刚遇到了六七个灰头土脸、饥饿的原始人，都是些女人小孩，一个抱着婴儿的女性乳房干瘪着，似乎一点奶都没有。跟刘远的反应一样，柏刚十分惊讶怎么还有这样的人存在。

这些人看到柏刚背着数量可观的熏干兔肉，一时口水直流，挪不动步了。看到这些骨瘦如柴的妇孺，柏刚一时于心不忍给了他们一只兔子，但是怎够这么多人分呢，被小孩一会儿就吃没了。这些人看到柏刚身上背着的兔肉，浑身健壮的肌肉，不想走了，一边比画一边咿咿呀呀焦急地跟柏刚说着什么。

于是率性的柏刚干脆收了他们，开始了相对稳定的生活。柏刚带领他们在小河边建筑木屋，构筑陷阱捕猎兔子。后来周边兔子几乎吃灭绝了，又开始制作长矛捕猎大型的动物，捕鱼，还种植了一些浆果。

一年年过去了，柏刚又收编了一些人，其间有过很多老婆，生了不少孩子，断断续续有夭折的，他自己也记不清有多少个老婆和孩子了。

“我就说你有种马的潜质。”听到这里，刘远不忘加上一句。

后来，由于柏刚有强壮的体魄，又有现代人的思维，跟着他的人逐渐学会了说话，部落发展壮大了，鼎盛时期达到了二百多人。

但是一场瘟疫让部落百分之八十的人患了病，柏刚也险些丧命，最后死了一半人，剩下的人都免疫了。

十年前，部落又达到了三百人，情况复杂起来，捕猎、耕作的分工和产品的分配在一些群体和家庭之间出现分歧。终于，在一次年度谷物分配的过程中，柏刚严厉训斥了一个在部落里颇具威望的儿子，也是自己心目中的皇位继承人。结果这个儿子带着自己嫡系的一百来号人集体出走，再也没有见过了。

柏刚十分伤心，这是最为神伤的一次，迄今难以平复。“我打下这么大家业，最后不还都是他的吗？”提到这个儿子，柏刚神色黯然。

“那现在你这儿有多少人了？”刘远饶有兴趣地问。

“二百多点吧，不断有生的有死的，我也不知道到底有多少了，带你去王国里面转转吧。”柏刚起身拍了拍屁股，招呼刘远一同向木屋外走去。

16 原始社会

几十年后的相见，已经不能用久别重逢来形容了。对柏刚而言，这四十年仿佛一生，大部分往事已经记忆模糊。而对于刘远，这短短一个多月仿佛只是一瞬，面前的柏刚却已是风烟残梦，判若两人。

在他们的对话中，柏刚频频表达出他对这里生活的满意与喜爱。在这个原始的社会中，他能够充分发挥自己的身体力量和领导才能，不仅游刃有余地生活，还成为部落的首领，领导众人。对了，应该叫皇上。而不是像以前一样总是四处借钱，连房租都交不起。

尽管这几十年的物质生活质量甚至不如当年在北京街头的流浪汉，柏刚在精神上却获得了前所未有的成就感。他已经成为众人敬仰的领袖，无人敢小觑他的权威。而在这周边，他确实没有敌手。

刘远已经明显感受到了柏刚浑身洋溢着的霸气和责任感。这是以往的柏刚不具备的。当然，他还是一如既往那么爽朗，毕竟在这里，跟这帮原始人需要要的心眼比当年在北京要少多了。

吃罢肉，柏刚大摇大摆地带着刘远穿行于部落，穿过由粗糙木材凌乱搭建的屋舍，偶尔有几只杂毛乱飞的家禽从旁边慌忙跑过。

这个部落的建筑分布确有合理之处，建在水源边上，河边种点庄稼利于灌溉，而庄稼的选择，据柏刚介绍也是试验了好多回。他有一个儿子愿意整这些花花草草，带着一群人种了不少谷物和浆果，大家打不到猎物的时候，好歹不会饿死。

柏刚边走边向部落的人们高声介绍刘远，灰头土脸的村民们听后立刻改变了态度，他们的目光中充满了对刘远的敬畏和崇拜。

柏刚告诉刘远，族群曾经有几次达到二百多人，但人数一旦多了，沟通就出了问题，粮食也不够吃了，于是有些人就脱离部落独立发展了。

柏刚这几十年到过的最远的地方也许就离这儿有个几百公里，他说他有一段时间因为兔子吃光了，只好带着部众迁徙，走了好多天，到过一条巨大的河流旁边，只见浊浪汹涌澎湃，却看不到对岸。

柏刚只好止步于此。他不敢带着大家在靠近大河的地方定居，因为之前的经验告诉他，不约而至的洪水会吞没一切。

于是他又回到森林中，找了一个水肥土沃的地方定居了。

“现在这个地方算是一个很好的地点了，其他部落来抢的也不多……”柏刚看着自己的王国和臣民，叉着腰长长地呼出一口气。

“别的部落的人还攻击你们？”

“就是些零散的，敢打我们的，还活着被抓的，都当奴隶，帮着干活。”柏刚朝被绳子穿成串、表情呆滞正在干活的人努了努嘴。

十几个小孩跑过身边，一个妇女跟在后面，看到柏刚莞尔一笑。

“这是我老婆阿十二，因为老婆太多只好用数字编号了。”

“嗯……这些都是你的孩子？”

“不是，有的是儿子女儿，有的是孙子孙女。还有的不是我的。”

“哦……皇妃也要当幼儿园老师？”

“这里没有办法养闲人，不是过去皇帝可以拥有三千佳丽不用干活的日子。这里的东西有限，每个人都要劳动，包括我在内。”

“你觉得那条巨大的河流，可能是古代的黄河吗？”刘远好奇地问。

柏刚沉思了一会儿，点头道：“的确有那么几分相似，但想想看，北京附近本没有黄河，更别提这些稀奇古怪的野兽了。”

“嗯……”刘远若有所思，“咱还在不在地球上都尚未可知呢。”

“唉，管他在哪儿呢，想要活着已经很不容易了。”

“可是我……还是想回去……莉莉和萌萌她们……不知道后来过得怎么样了……”想到妻女，刘远神色黯然。

“这……”柏刚顿时愕然，不由得摇了摇头，叹了口气，“阿远，不是我说啊，咱这想回去，怎么回去呢？”

“我……”刘远站在山丘上，看着近处的部落，和远处一眼望不到头的原始森林，一时语塞。

汪汪……呜呜……一串稚嫩的吠叫打断了刘远的思绪，低头一看，一只黄色的小奶狗瞪着水汪汪的大眼睛看着刘远，呜呜地叫着，尾巴摇得飞快。

刘远不禁蹲下身子，摸向了小黄毛茸茸的脑袋，小黄也主动伸出脑袋半闭着眼睛表示臣服，尾巴更是摇得像转轮一样快。

抚摸着小黄毛茸茸的头，片刻间，刘远感觉到了一丝温存。片刻后，他轻轻地把小黄抱起，紧紧抱在怀里，仿佛回到了童年，那时他也曾这样抱着家中的小狗，感受它们的柔软和亲昵。

不远处，还有几只或白或黄花色各异的小狗也望向这边，有的向刘远他们小心地迈出几步，又退了回去。

“喜欢这狗？”柏刚望向刘远。

“嗯？嗯……”

“那就拿走吧。”柏刚说着，突然眨眼加了一句，“回头再给你配几个老婆……”

“嗯……嗯？不必了不必了，老婆就不必了，我有老婆的……”

柏刚歪着头看了看刘远，“好吧”。

抱着小狗，刘远和柏刚来到了河边，一个年轻小伙子正在用标枪捕鱼，只见他暗暗蓄力，猛地将标枪扎入水中，标枪立在水中不动了，拔出水面后上面空空如也。

“还得练啊，孩子。”柏刚摇头示意，语气中带着一丝不满，但眼神里满是爱怜。

“知道了，父皇。”小伙子冲着柏刚腼腆地笑了笑，继续凝神聚力看向波光粼粼的水面。

“我也不知道他是第多少个孩子了，后面数量太多，没法儿编号了，有很多夭折了。东西也不够吃，大家虽然挺勤快的，过得也是饥一顿饱一顿。现在还好，到了冬天，有很多人就冻死饿死了，还有一些人自谋生路去了。”柏刚无奈地看向刘远，摇了摇头，“我有一个孙子带着全家走了，后来全都冻死在一个山洞里。我这个当皇上的，一到冬天，压力也很大啊。”

柏刚深深地叹了一口气，目光缓缓扫过他的王国，背似乎有些佝偻。

而刘远呢，走在这世外桃源，怀里抱着一只小黄狗，深深吸了一口带着泥土芬芳的空气，忽然有种心旷神怡的感觉。看着村落当中忙碌的人们，刘远若有所思，忽然皱眉转向柏刚，“那你有没有教他们认字啊？”

“没有啊，在这里认字有啥用，远不如投标枪来得实在。”

“嗯……我知道了……”刘远沉吟着点了点头。

“你知道什么了？”柏刚不解地问，见刘远还在低头沉思，不耐烦地说，“知道啥？有话快说，有屁快放！”

“嗯……你知道吗，我之前看过一本书，有个一百五十人定律。”刘远眼中散发出睿智的光芒，眼睛发亮看着柏刚。

“啥意思？”

“就是说啊，一个群体如果只靠口口相传来沟通，那么最多就只能达到一百五十个人的规模，数目再多就没法儿沟通了，大家没法儿协助或者达成共识，群体就会分裂。”

柏刚一听忽然愣在那里，眼睛眨巴几下，好像恍然大悟，“好像真的是这么回事啊！我们一到二百人就觉得很吃力，好多人我也不认识了，整不明白了。”

“是啊，人少，大家都听你的就完了，人一多以讹传讹，群体就没有凝聚力了。”

“那我怎么能带二百人呢？”

“你能力强呗，所以能领导更多的人，但是上限也很低，就没有办法形成更精细的分工，也没法儿做难度更大的事情了。你看一个国家十几亿人，就不一样了。”

“哦……”柏刚的眼里也闪出光来，“原来是这么回事，看来你这个研究生也没白读啊。那咱现在应该怎么办啊？”

“教大家识字，能够用文字进行复杂的沟通，把知识和文化传播传承下去，用故事把大家凝聚起来……”

“可以啊你！”柏刚兴奋地用大手猛拍了一下刘远的肩膀，直把他拍得生疼，“这样，你以后当我的军师，不，国师，咱们把国家弄得好一点，过上好日子……”

“嗯？国家？”刘远看看这些木屋和简陋的田地、穿着草裙和兽皮裙的人们，以及赤裸着上身目光呆滞的女人，还有那些在劳作的奴隶，这帮子最多能称之为部落吧。

“怎么样吗？”柏刚又兴奋地拍了拍刘远的肩膀。

“别……别拍了。”刘远无奈地笑了笑，“我现在还能去哪里呢？”

“这样……”柏刚眼里顿时散发出亮光，“你先教大家识字，尤其是小孩子。”

“嗯，百年大计，教育先行。”身边跑过一群或大或小的孩子，刘远长叹了一口气。

站在山丘之上，刘远眺望着远方山峦的轮廓，那里一轮橙色的夕阳正缓缓沉落。山脚下的小河蒸发出淡淡的雾气，河水悄无声息地流淌，却不知道流向何方。

刘远思绪万千，温暖的家已经不知道离自己多远，相隔多少个时空了。曾经折磨他的头痛，自从来到这个世界突然不治而愈了，就像当初突然出现一样让刘远摸不着头绪。

但是回家已经是个遥不可及的梦，自己到底应该怎么办呢？

17 人狼大战

当前的处境，刘远也只能暂时选择随遇而安。毕竟在这蛮荒之地，能遇到柏刚和他的族群，他还是皇上，暂时没有性命之忧了，这已经是不幸中的万幸了。

和柏刚共处一室几晚后，因为柏刚经常要宠幸他的几个嫔妃，刘远的存在有些尴尬，于是主动提出来在旁边另建一个屋子。

经过几天的辛勤劳作，刘远和几位村民共同建起了一座小木屋。虽然简陋，且四处漏风，但它为刘远提供了一个属于自己的避风港。

白天跟着大家一起劳作、打猎，让他掌握了一些基本的技能。对于这种原始的生产方式，他感到效率太低了，柏刚在管理和技术提升方面确实是没有太多想法。

空闲时，刘远便开始教授孩子们基本的文字。由于缺乏纸张，他们便用小鹅卵石和石灰片，在平滑的岩石板上刻画字迹。有的大人们也非常好奇，也想学的，也就在一边学了，不感兴趣的，也就罢了。很快刘远的学员已经达到四十多人。

慢慢地，刘远融入了大家的生活，也有了些许归属感。但是在夜深人静的时候，他经常坐在山丘上的木屋前，一边听着旁边木屋柏刚如雷的鼾声，一边对着无垠的星空，诉说着对妻女的思念。而现在能够陪伴在他身旁，蹲在一边倾听他诉说的，也只有已经长大了的那条小黄狗，现在已经是大黄了。

他知道，自己恐怕永远也见不到她们了。而身边这些人，恐怕根本不是炎黄子孙，反而是炎黄的祖辈。

到了秋季，根据刘远的提议，箭头、长矛、斧头的制作已经标准化，只是还不会冶炼金属，都是用石头做的。在工作模式上，已经尝试采用了家庭联产承包的方式，调动群众的积极性。还有木炭的存储使用，火种的保存，以及腊肉制作工艺的完善，让部落对于寒冬的到来有了更多的物资储备。

但是冬天的来临依然让部落再次遭受重创。一些冬天出生的小孩生病夭折了，身体虚弱的也没扛过那一场大雪。幸亏准备了更多的物资，让部落死亡的人口从往年的四十多人，下降到了二十多人。

本来很多人对刘远这个狩猎能力一般的军师存有很多疑义，觉得他在吃干饭，但这个冬天让大家对他刮目相看，知道了一个叫作“知识”的词。

而尽管柏刚已经称帝三十多年了，这个微型国家竟然没有国号。春暖花开之后，在刘远的建议下，召开了全体成员大会，宣布国家名字叫“华国”，柏刚仍然是皇帝，刘远是国师，又根据几个骨干擅长的领域，分别任命为内务部部长、狩猎部部长、农耕部部长、工部部长。值得注意的是，这次任命遵循任人唯贤的原则，内务部部长是柏刚的儿子，农耕部部长和工部部长并不是。因为人才实在太少，且狩猎工作关系到部落的生死存亡，狩猎部长暂时由柏刚兼任。

而在生产模式上，全面采用先进的“家庭联产承包责任制”的方式，每个家庭自己的狩猎和耕地收获，除上交国家外，均可留存一半，而他们还可以从国家领取相关的生产器具，获得安全保护。

这一下子极大释放了大家的积极性，生产热情空前高涨。由于劳动力有限，刘远甚至大胆地将二十多名奴隶纳入了国家体系，拥有了平等的公民身份，可以组成家庭参与生产，让这些奴隶感激涕零。本来三十多名奴隶一个冬天死了三分之一，现在幸存的这二十来人，都是些身强体壮的男女，有了追求，工作的效率比之前提高了好几倍。

因为华国毕竟人不多，也没有多少历史遗留问题，又有柏刚的威信在，所以改革推行起来很顺利。很快，物资开始丰富起来，新出生的小孩，即便母亲不怎么劳作，也能有充足的食物。

华国一派欣欣向荣的局面。一眨眼两年过去了，华国已经发展到四百人，实力大增。除了出生大量的婴儿，还有周边归附过来的，以及之前出走以后回归的。

但是人口的增长也带来了物资压力的增大，就这么一小片地方资源太少，柏刚和刘远已经讨论扩张的问题很久了，也在做一些战略准备，而时机终于来了。

华国八个半大小子跋涉了几十公里远的路程，最终越过茂密的森林边界，进入了草原——一个被狼群占据的险地。经过漫长而艰难的追逐，华国的小伙子们终于捕获了一头鹿，正当他们欢欣鼓舞准备返回时，突然遭遇了真正的草原主宰——一群凶猛的狼。

十几匹狼一拥而上，试图夺取猎物，而半大小子们不甘示弱，用手中的长矛、斧头与狼群展开搏斗，却一下子被咬翻了三个，剩下五个落荒而逃，途中又被狼群扑倒一个。

等剩下的四个哭哭啼啼跑回华国时，遇难家属一片哀号，纷纷请愿要干掉狼群。

柏刚怒发冲冠，他也已经忍了这群狼很久了，这么些年缠斗多时，互有死伤，也曾打死过三匹狼王，却因慑于狼群的威胁，一直不能走出森林。

在刘远的劝阻下，柏刚终于压住了怒火，没有立即出动，而是一边派出小股精干力量侦察，摸清楚狼群的习性和实力，一边准备各项战斗物资。

来自侦察队的情报显示，那几个被扑倒的半大小子，不出意料地已经被狼群吃成了一堆白骨，让华国民众更为愤怒。

终于，一个月后，柏刚御驾亲征，和刘远带着一百名青壮出发了。

草原上，五个华国的人，盯上了一群似牛非羊、被称为牛羊的动物，瞅准一只年老体衰的，一顿扎过去，又上去斧头长矛补刀，很快将它结果了。

将牛羊肉拆解成大块，大家就地生火就用树枝烤了起来。香气立即弥漫在了整个草原，也很快引来了十几匹狼。

看到狼群迅速接近，五名猎人急忙抓起猎物的肉块，向森林深处疾跑。狼群闻着肉香，不愿放弃这顿美餐，紧紧追进了密林。

大块的牛羊腿散落在地上，几匹急不可耐的狼冲了上去大快朵颐起来，还有的似乎在防备着什么，犹豫不决不敢向前，最终看正在吃的吃得太香，也禁不住一边低头嗅着周围的气味，一边走向了牛羊肉。

突然，一张大网从布满树叶的地上张起，将狼群全部兜在其中，四周的树上出现了几个原始人，将网的几个角往上收。

狼群遭到这突如其来的打击，一时在网里乱作一团，大声吠叫着，用爪子抓、用牙咬，试图突破这藤蔓织成的大网。

然而迎接它们的是一阵箭雨，以及手持长矛、蜂拥而上的人群。

人群中传来阵阵呐喊声，战士们手持长矛，对网中的狼展开猛烈攻击。空气中弥漫着血腥味，四处飞溅的血肉和狼的惨叫声交织成一幅残酷的战场图景。

一个魁梧的身影从树后闪现出来，声如洪钟大吼一声：“停！”

柏刚缓缓走向网袋，众人纷纷停下手里的活计，让出道路。

大部分狼已经瘫软在网中，浑身冒血，奄奄一息。还有两匹尽管一身是血，还能在网中勉强站立，仰起头，“嗷嗷”地不住呼喊着。

柏刚从一个人手中拿起一杆长矛，冲着一匹正在嚎叫的狼捅了过去，却并未往深处捅，只是将矛头翻转着，让这匹狼哀号的声音更大了。

而刘远，也依葫芦画瓢，用长矛开始玩弄起另一匹狼。这两匹狼的哀号声，不仅响彻了树林，还传向了旁边的草原。

过了十多分钟，两匹狼有一匹已经叫不出声来了，终于探子来报：“来了！”

一行四五十匹狼在一匹头顶黄毛的硕大狼王带领下，从草原一路疾驰，向树林中冲来。

地上十几匹倒在血泊中的狼让众狼惊呆了。一匹狼还在呻吟抽搐着，其他已经不动了。

狼王警惕地看了看四周，又努力用鼻子嗅了嗅。除了狼群的血腥、牛羊肉的味道，它似乎还闻到了别的气息。

未几，其他狼已经接近狼群的尸体堆，查看着地上的众狼，有的甚至已经开始吃起了牛羊肉。

然而，突然大网再次张起，将死的活的五六十匹狼尽数网入其中，而由于网内狼的数量太大，一时网竟无法继续回收太高。

一时间，六七十人蜂拥从周边冲出，将箭矢长矛玩命向网兜中的狼群招呼，又是一片血肉横飞。

而警惕的狼王，竟从网的边缘纵身一跃，跳出了网兜，向着众人龇牙咧嘴，不肯退却。

柏刚见此情形，从地上拿起一柄硕大的石斧，面不改色，缓缓向狼王走去。

狼王发出一声震天怒吼，巧妙地绕开战斗人群，如箭一般直冲柏刚。在接近柏刚时它突然跃起，锋利的獠牙瞄准了柏刚的脖颈，试图一击致命。

柏刚不为所动，只是突然身形一侧，一声大吼一斧劈向狼王。狼王一声哀号，肚子被剖开一个大口子，肠子都流了出来，蹒跚着走了两步，倒在地上挣扎抽搐起来。

柏刚轻蔑一笑，缓缓走向血泊中的狼王，又是沉重的一斧，狼王的头几乎断了，只留着皮与身体连着，眼睛不甘地看着柏刚。

网兜中的群狼，被消灭殆尽。

柏刚又是一斧，彻底斩断了狼王的头，将狼头举过头顶，大吼一声："吼！"

"吼！吼！吼！"众人纷纷举起手中的武器，大吼起来。而网中的群狼，被屠戮殆尽。周边有两三匹侥幸没有被网住的，呜呜哀鸣几声，只得转身快步离去了。

在处理完狼的尸体之后的几天，柏刚再次带人搜寻了狼群活动的这片草原，又捕杀了几匹落单的成年狼，并且找到了狼群的几个巢穴，将幼狼统统扑杀。这个狼群基本是灭绝了，对华国已经无法构成威胁。

而更重要的是，华国有了更大的生存空间和更多的资源。在树林和草原的交界处，柏刚留下了几人，嘱咐他们尽快打造木屋，在这里四周都看看，其他人扛着狼群的尸体凯旋回国。

而这一仗，不仅获得了丰厚的皮毛和狼肉，以及广阔的领地，而且只有几个人不小心被狼群的爪子抓伤，没有一个死亡的，创造了自柏刚称帝以来的奇迹。

不仅柏刚的威信大增，国师刘远运筹帷幄的实力也让众人佩服得五体投地。

一个月后，华国草原县已经初具规模，二三十人驻扎在那里，不断地到处探索，经常能遇到牛羊群，所获颇丰。

一次，草原县的人把牛羊肉、牛羊皮背回来的时候，说是看到一个十分奇怪的石头，从没见过，众人都十分害怕，想让皇上和国师去看看。而刘远对众人嘴里的石块，也非常感兴趣。

18 小天

在众人的指引下，柏刚和刘远来到了草原上一座凸起的土丘前。土丘中央竖立着一块覆盖着苔藓和杂草的长方形石碑，显得古老而神秘。

走上了土丘，走近石头，待柏刚和刘远看清石头的纹路，两人顿时惊得嘴都合不拢了。

石碑上清晰地雕刻着一个屋顶形状，约两三米长，一米宽，下方装饰着整齐排列的花瓣图案，显然这是人工精心雕琢的艺术品，而非自然形成。

“是谁在原始时期就能有这样的工艺啊？”柏刚和刘远面面相觑，难道之前远古就有了文明的存在？

“往下挖！”刘远果断地命令众人，这里面或许藏着一个惊天秘密。

随着太阳即将落山，经过整整一天的劳作，他们终于在小山丘的中心挖出了一个宽大的坑洞。坑洞的中央露出了一个长条形的巨大石块，周围的泥土被清理干净后，展示出其真正的庞大体积。当上面附着的泥土大体被清理掉后，竟然显露出硕大的草写“抗击”二字！

柏刚目瞪口呆，一时间竟不知如何表达他的震惊，只能指着那块石头重复道：“这……这到底是什么东西？”

“抗击……”刘远的眉头紧锁，眼中闪过一丝光芒，恍然大悟，“如果这些都是真的……我们不是穿越到了古代，而是跑到了……未来！”

“什么，未来……”柏刚几乎惊掉了下巴，环顾了一下四周，仿佛已经完全不认识自己生活了四十年的地方。

“要不然……要不然，不可能有这样的简体中文字！”刘远抱着头，使劲拍着自己的脑袋，试图让大脑充分运转。

“那……”柏刚感觉到自己的世界观崩塌了，“那原来的人去哪里了……”

“这……咱们继续往下挖！”

经过几十个人一个月的发掘，这块石头终于完整地展现在了众人面前。

挖出来的土已经在旁边堆成了一个小山丘，而原来石块所在的小山丘不见了，变成了一个巨大的土坑。

当柏刚和刘远再次站到这块石头，或者叫石碑面前时，他们的心情已经不能用惊奇来形容了。

只见十几米高的石碑中央，从上到下写着“抗击球状病毒胜利纪念碑——北京 2032 年”！

那他们现在身处何处，已经不言而喻了。这个石碑看起来经过了岁月的磨砺又沾上了泥土，多了饱经风霜的沧桑。

“我们还是在北京！”柏刚不可置信地看着身边的刘远，而刘远已经激动得颤抖起来。

“是的，我们……我们还在北京……”

“北京怎么会变成这样？这里的人都去哪里了？”刘远焦急地问，眼神里满是困惑和急切，仿佛迫切需要答案来解释他所见的一切。

“谁知道呢，看来，原来的北京被埋在了地下，原来这个地球上的人，恐怕也不知道去哪儿了，要不然你不会这么多年都没见过，他们应该会过来考察才是。”

“我的天哪，我们竟然不是回到了远古，而是来到了未来！”柏刚震惊地说，声音中带着难以置信的惊慌。

晚上，就着篝火，柏刚和刘远一边吃着烤牛羊腿，一边思索着现在的处境。过去的人类，肯定是在某一个时期遇到了什么磨难而消失了，只剩下一小部分人退化到了原始社会。那么现在这个世界上到底还有多少人存在，也是未知的。

以前零星遇到的小股人群，多的几十个，少的只有几个，都是在还未开智的状态，有不知死活攻击柏刚族群自身死伤惨重的，也有归顺的。而柏刚族群能接触到的，仅此而已。

而这些动物为何又变成了这样稀奇古怪的样子，同样是不解之谜。

为了获取更多的信息，寻找答案，也是为了获得更加先进的工具，华国人狩猎耕作之余，继续在纪念碑附近挖掘。

华国人挖到了一些零星的金属物品，有的还能保持基本的长条或者圆形形状，有的已经残破不堪，一碰就碎。

又挖了两个月后，一个一米见方的金属盒子被抬到了木屋里柏刚和刘远面前，盒子里面哐啷哐啷的似乎有什么东西。

两人围着盒子转了半天，叫来了工部部长李白——一个其貌不扬却喜欢钻研器具的小伙子。李白这个名字是柏刚即兴随便起的，只是为了好玩。

李白找了几个人用石头一顿猛敲，盒子的一面突然被敲得崩了出来，哐当掉在地上。

众人到盒子边上一看，里面隐约有个器物，于是蹑手蹑脚缓缓把它抬了出来，似乎也不重。

擦去上面的灰尘后，这明显是一个机器，顶着一个椭圆形的脑袋，身体是长方形的，整个高不足一米。

“机器人？！”刘远大喜过望，忙拿起兽皮擦拭起来，一块灰黑色的面板出现在机器人头顶，白色光滑的头也显露在大家面前。

“搬到屋外面去，让它晒晒太阳！”刘远命令道，两个人忙抬起机器人放到屋外的平地上，让当头的烈日烘烤。

“这玩意儿还用晒太阳？”柏刚不解地问。

“说不定是太阳能的呢。”刘远皱着眉望着机器人。

“它醒过来的话，不会把我们都杀了吧？”

“应该……不会，不像是战斗机器人。”

“你确定？”柏刚有些忐忑。

“确……定。”刘远摸了摸下巴下的胡子。几年在这里的生活，让他也长发披肩，蓄起了胡子。

整整一个月时间里，机器人被留在山丘上，日晒雨淋，始终一动不动。这让最初对其充满期待的刘远感到深深的失望，原本燃起的希望之火也渐渐熄灭。历经不知道多少岁月，这玩意儿很可能早就坏了。他们既不会拆，更不会修，看这东西在土丘中间碍事，就给搬到屋子旁边扔那儿不管了。

原本刘远还是抱有一丝幻想，借助科技的力量再次回到张莉和萌萌的身边，现在看来……

“唉……”月光下，刘远抚摸着旁边默默无语的大黄的头，无奈地摇头叹息。大黄呜呜几声，懂事地抬起头，舔了舔刘远的手。

大雨过后，烈日当空，地上很是湿滑。几个大小不一的小孩嬉闹着跑上了山丘，围着墙角的机器人指指点点。

机器人已经蒙上了一层灰尘，毫无生气。众小孩干脆把它推到了土丘中间，围着它追逐打闹起来。一个小孩不小心撞了上去，把它撞倒了，小孩们欢呼着把它推下了山丘。

机器人一顿咕噜咕噜地乱滚，撞倒了一个小木屋，蹦起来砸在了河边的鹅卵石地上。

众小孩一顿雀跃，汗流浃背地跑下了山丘，围在了机器人旁边，竟把它推进了河里，翻倒在水中。

“嗯？”一个小男孩忽然发现机器人椭圆形的头部前端出现了一个闪烁的红点，不由得用手去擦拭，却发现怎么也擦不掉。

而红点已经变成了一片长方形的蓝光。

机器人抖了一下，左右轻微地晃了晃，一侧缓缓伸出一根金属棍，竟慢慢把身体支撑起来，周围的小孩见状吓得一哄而散，跑到远处躲在屋后树后看着。而匆匆赶来负责看护的女人顿时被眼前的一幕惊呆了。

机器人已经在水中站直身体，头上伸出两根触角顶着小圆球，吱吱哇哇地响了一会儿，竟说出了一句话，

“您好，我是小天，您需要帮助吗？”

闻讯赶来的刘远和柏刚看到河水中的机器人，十分震惊。刘远缓缓走近机器人，只听对方说：“您好，我是小天，您需要帮助吗？”这是一个女性温柔知性的声音。

“你……你好，”刘远说着话，带着一丝好奇和谨慎，缓缓向小天靠近，“请问你是用来做什么的呢？”

“我是博物馆的机器人，你可以问我任何问题，我上知天文下知地理，懂得很多知识。”

“太好了，真是太棒了！”刘远的声音中带着无法抑制的激动，“那么，请你告诉我，现在是哪一年？”

“我最后记录的是 2085 年 7 月 20 日，我遭到了洪水威胁，然后进了休眠舱就休眠了。”

“什么？2085？洪水？”

小天长方体的身体下面缓缓伸出两条小腿，撑起了身体，慢慢走向了河岸，让岸上围观的人群不由得惊呼着后退，而刘远却反而向前了几步。

“是的，距离最后一位访客离开我们博物馆已经过去了二十三年又一百二十五天。”

“人都去哪儿了？”

“很多人都生病了，死了。我们博物馆的人，都不在了。”

“啊！”刘远顿时惊呆了。他缓缓走向小天，“我是刘远，我有很多问题要问你，可以吗？”

“你好，刘远。当然可以，回答问题正是我的主要职责。请随意问我任何事，我会尽力提供信息。”小天的声音中透出一丝机械而温和的笃定。

“那你是在北京的博物馆吗，北京那时候是什么样子啊？”

“是的，我是在北京的博物馆。”只见小天身体前方的蓝色方框投射出一束光，在空中形成了影像。天上地下都是飞行物，大楼鳞次栉比，天空中也飘浮着各种建筑，一派繁荣景象。

“你们看到的这是2063年的情景。在那个时代，方治国博士领导下的科学家们在物理学领域实现了革命性的突破，推动了科技的飞速发展，使得人类开始勇敢地探索遥远的宇宙深空。”

影像中先出现了一个严肃而庄重的老者，他的形象给人一种沉稳的力量感。紧接着画面切换，成群的飞船飞上蓝天，景象蔚为壮观。

“方治国！”刘远难以置信地望向了不远处的柏刚，而柏刚的眼珠几乎瞪出了眼眶。

19 文明往事

“你说说方治国是谁。”刘远颤抖着声音指着小天，他没想到在这里还能听到他老同学的名字，这让他极为震惊和困惑。

“方治国，是一位伟大的科学家，在中国华北物理研究所的任期内，于 2017 年领导其团队开发出了当时世界上最先进的粒子对撞机。他们的工作不仅突破了光速的极限，还彻底颠覆了现有的物理学体系，为人类的科技革命揭开了新的篇章。这项成就使得人类社会的科技发展跃进了至少五十年。”

“那他后来怎么样了，活了多少岁？”刘远问。

“2061 年他率领舰队去探索开普勒 22b 星球去了，科学家预测它拥有与地球相似的温度和环境，被认为是人类可能的第二家园。那里距离地球六百光年。”

“是够远的，六百……”柏刚摸着下巴若有所思，“没想到方治国这哥们儿有这个气魄，我一直以为他就是个酸腐书生。”

“是光需要跑六百年才能到那里啊！”刘远白了柏刚一眼，转头询问小天，“那按照他们的飞船速度，需要多长时间才能到达目的地呢？”

“根据他们当时飞船的速度，大概要六千年吧。”

“哦……那根本不可能回来了，干吗非要跑那么远呢，投入的人力物力恐怕也是相当大的啊。”

“因为地球可能终将不再宜居，探寻第二个家园成了必要的选择。科学家们长期监测宇宙中的众多行星，寻找可能支持人类生活的环境。在超过两百个候选星球中，开普勒 22b 因其与地球相似的温度和环境条件，被选为最理想的目的地。”小天解释道。

“唉，恐怕治国已经死了几千年了。”刘远看了一眼柏刚，无奈地摇摇头，迎来了柏刚一声苦笑，“真不知道他们在干啥。”

刘远歪头沉思了一会儿，又问道：“那，你知不知道……”

接下来的几天里，随着刘远和柏刚对小天一系列的询问，他们对于小天和这个世界有了全新的认知。

小天是当时最新一代的智能机器人，小小的身体里面已经存储了这个世界几乎所有重要的知识，而且能够智能地收集信息，分析处理问题。除了外形是个机器人，它已经可以毫无障碍地跟人沟通了。

这让刘远又惊又喜，他等于突然有了一个巨大的数据库，和一个无所不知的专家顾问。

刘远给了小天几块岩石，让她看了几种动物，小天很快得出结论，现在大概是公元 12 000—13 000 年，也就是，距离小天休眠的 2085 年，已经过去了一万年。

这个结果足以让柏刚和刘远惊掉下巴，往事真的已经成为尘土。

随着进一步的询问，小天也将自己知道的人类往事告诉了刘远和柏刚。

自从 2017 年方治国引领基础物理学取得重大突破之后，人类科技发展迎来了第四次科技革命浪潮，而这次浪潮比以往任何一次都来得猛烈。

量子物理、新材料、空天技术不断取得突破。在算力、海量存储、大模型等技术逐一攻克后，2019 年，中国率先推出“龙翔”人工智能模型，震惊了世界。

这种模型已经彻底突破了过往人工智能只会识别、搜索的局限，能够自主生成各种文档、图像、音视频，乃至做出复杂、重大的研判分析。

很快，这种技术经过迅速迭代，大规模应用到了人类社会生产生活各个领域，数十倍甚至上百倍地提高了效率。而人工智能与各个学科的融合，使大量的科研工作、模拟实验都交给了人工智能，让人类整体的科技水平快速发展，生物、机械、材料乃至人文社会科学都不断取得突破。

人工智能技术的普及迅速扩展到全球每个角落，彻底改变了各行各业的运作方式。全人类社会已经步入了一个由人工智能主导的新时代，这一技术不仅改变了生产力，也重新定义了人类生活的许多基本要素。

然而，这一切在人类文明迅速发展的同时，也在科学界、政界引发了广泛、激烈而持久的讨论。

很多人开始有了深深的危机感。科技发展使得人工智能所展现出的能力已经远远超越任何一个人类个体，而它发展的速度是指数级的，其能力的上限不可估量。而人类由于局限于肉身的脆弱以及生命的轮回，将被人工智能远远甩在身后。

此种观点的代表人物，京都大学社会学教授王伦博士忧虑地表示，到那个时候，人工智能统治人类，甚至消灭人类就是轻而易举的事情。试想，如果身边总有一种存在能够像掐死一只蚂蚁一样灭掉你，你还能睡得着觉吗？

许多科技专家持有截然不同的看法，他们强调人类与人工智能之间的根本区别：人类拥有欲望、情绪和情感等主观特质，而人工智能则缺乏这些复杂的内在驱动力。因此，他们认为人工智能无法像人类那样行动或产生统治欲。A国科学院院士艾伦博士认为，人工智能没有求生欲，没有情感，也没有统治欲，所以它不会需求统治或者消灭人类，不管它的能力有多强。甚至当它们自身面临毁灭时，它们也不会有生和死的概念，毁灭与否对它们是没有意义的。

还有一些专家辩解道，如果说人工智能拥有了毁灭世界的能力，那其实人类早在几十年前就已经拥有了毁灭地球一百遍的核武器，那时候人工智能还没有出现。也就是说，即便没有人工智能，作死的人类也很有可能让自己灭亡。这些人反问道，那这是不是意味着为了保护地球，要把人类消灭呢？

对此，以王伦为代表的专家不为所动，批评一些科技专家在人工智能的发展过程中赚得盆满钵满，因利益原因而忽视了潜在的巨大风险，专注于技术的推广而未充分考虑未来可能引发的社会和伦理问题。王伦等人还指出，当这种新物种发展到足够强大的时候，谁能保证它不会脱离人类的控制产生变异呢？又有谁能保证它们不会控制核武器呢？

时间进入到2026年，人工智能在智能制造、医疗、咨询、翻译、法律咨询等各行各业迅速推广使用，在几乎所有的工作领域都大规模地取代了人类，有的职业彻底消失了，有的职业需要的人员数量大幅削减。

随着人工智能技术的广泛应用，大量一线工人和普通白领失业了。联合国劳工组织的统计显示，从2019年引入人工智能2.0技术起至2028年仅十年时间，约百分之七十的传统工作岗位被消灭，导致广泛的社会和经济动荡。

大量失业的工人和白领面临严峻的生活困境，收入断裂使他们的生活质量急剧下降，很多人生活陷入绝望。这种广泛的失业引发了世界各地的游行示威和暴力冲突，社会秩序频繁受到挑战。一些国家贫富差距进一步扩大，矛盾十分尖锐，一些小国因为腐败、官员们中饱私囊窃取了发展带来的绝大部分财富而爆发了内战。

好在，人工智能技术也为各国政府带来了显著的生产力提升和财富增长，为解决这些社会矛盾提供了一定的缓冲空间。各国政府发现，提高现有人员的生产力，让他们适应新的生产方式，相比较于使用人工智能，反而成本更高，于是干脆提高社会福利，把一部分人养起来。

在经济比较发达的国家，出现了越来越多的所谓的“丧”族。他们不用工作，靠着社会救济金过日子，能够满足基本的温饱，对生活也没有更高的要求，对社交、恋爱、结婚都丧失了兴趣。

然而，当越来越多的人意识到自己在这个迅速变化的社会中变得多余时，很多人开始陷入偏执和抑郁。全球自杀率急剧上升，已经远远超过了战争造成的死亡人数。

紧接着，社会学家们又敏锐地意识到了一个问题，人类社会赖以存在和发展的根基被动摇了。人作为一种生产要素，其作用急剧下降。绝大多数人的岗位被人工智能取代了，已经不再被社会所需要，整个世界都逐渐失去了继续生产人类的动力。

科技和经济的迅速发展引领了一波新的社会思潮，传统的东方观念，如养儿防老和传宗接代在年轻一代中迅速失去影响力。现代人越来越倾向于追求个人生活的品质，避免因为承担家庭责任而给自己的生活带来额外的负担，比如抚养孩子。

在这个没有战争、瘟疫或饥荒的新时代，许多国家却面临了一个史无前例的问题：人口数量开始急剧下降。而有的国家比如 K 国，在 2034 年，每位妇女平均生育的子女的数量已经一路降至令人震惊的零点二人。也就是一对夫妇平均只生育零点二个人，该国已经面临亡国灭种的现实威胁。

因此专家们认为，第四次科技革命浪潮不仅不会像前三次一样带来人口的爆发式增长，反而会让人口持续、急剧减少。有一批从事这方面研究的学者，使用人工智能模型推演得出结论，人类到 2200 年前后，将仅剩一亿人口，并将在 2300 年彻底灭绝。

“还有这种事？”刘远摸了摸下巴，感觉十分诧异，“对了，如果没多少新的人出生，既然科技都这么厉害了，那是不是已经出生的人真的可以不用死了？”

“是的，当时确实有不少人资助这项研究，希望通过科技达到不死的目标，但同时也面临了广泛的反对，许多人担忧这将带来重大的伦理和社会问题。”小天继续述说着。

进入21世纪20年代后，由于技术的进步和财富的积累，在一些世界顶级万亿资产级富豪的资助下，一批科学家开始大规模开展改变人类基因、实现永生的研究。

这个项目遭到了很多人的反对，因为所谓的人人生而平等最核心的就是大家都要死，不管你拥有多大的权力和财富最终难逃一死。这也是很多穷人能够心安理得的重要原因。

有社会学家指出，一旦有人利用自己的权势地位获得了永生，那么没有获得这种机会的绝大多数人，将会拼死争夺这种机会，或是共同毁灭，让少数人也不能永生。这将会引发极大的伦理问题和毁灭性的危机。那么那个时候，富豪身边的每一个人都会变得不可靠，不仅不能实现永生，反而会提前被杀死。

然而永生技术的研发进展并不顺利。尽管生物信息技术的发展突飞猛进，几乎攻克了所有的疾病，但是由于人体的结构和原理实在过于复杂，关于永生的研究始终未能有任何能够拿得出手的成果。人类的预期寿命从理论上也就是被延长个十几年，修改基因面临着巨大的风险。

一个无视伦理的顶级富豪决定冒险修改其精子培育的胚胎基因，希望创造出完美的后代。不幸的是，这次不负责任的实验导致了一个孩子诞生时具有三只手。

显然，单纯的基因编辑未能满足一些富豪对于永生的渴望。随着信息技术的快速进步，一部分科学家开始探索新的途径，他们计划将人类大脑中的信息转移到机器中，通过这种方式脱离人的肉体局限，追求一种全新的、机械化的永生。这一方式的实现将彻底摆脱人类肉体的脆弱和死亡。

但这一技术的推进最终受阻于巨大的数据存储需求和计算能力的局

限。研究表明，一个人类大脑存储的信息量，即使是最保守的估计，也相当于 2034 年全球所有计算机的存储容量总和的数千倍，暴露了现有技术在处理复杂生物信息方面的局限。

生物学家不断向计算机科学家强调，他们所试图摆脱的脆弱肉体，实际上蕴含着无限的奥秘和可能性。人体是怎么由一堆原子分子组成一个个细胞，再组成器官和人体的，拥有了智能和情感，目前远远没有弄清楚。人脑运行的机理现在靠计算机模拟，还远远没有触及其本质和奥秘，电脑在很多领域还比人脑差得太远。

于是又有科学家尝试将人脑智能和人工智能结合起来，希望这种融合的智能能够将智能水平成百上千倍地提高。某超级大国 A 国秘密用上千名囚犯做实验，让他们的大脑与电脑连接，试图将大脑中的信息传到电脑中。实验中因为脑部受损死了二百多人，还有一部分变成了植物人后，被处理掉了。

据称研究取得了一定的进展，已经能够将一部分人脑中的信息传到电脑中。但是后来研究被记者曝光，引发轩然大波。A 国因为这种完全无视人权的行为，遭到国内外的口诛笔伐，该项目不得不立即终止，当时的 A 国总统也被迫引咎辞职。

“A 国总干这种事，老说别人人权有问题，自己其实一塌糊涂。”刘远摇了摇头，“那后来这项研究弄得怎么样了？中国搞了吗？”

“中国当时其实也搞了，也有的科学家拿自己做实验，不过具体情况没有公开。”小天接着往下讲述着。

当人类还未证实人工智能是否会统治自己，或者将人工智能与人脑智能有效结合的时候，另一种危机悄然来临。

20 致命病毒

通过小天的叙述，刘远和柏刚才终于明白了人类为什么是现在这样一种状况。

在 2030 年，全球被一种名为球状病毒的致命病原体席卷，该病毒迅速感染了全球人口，导致患者的肺、肝脏和心脏迅速衰竭。这种广泛的器官衰竭在全球范围内引起了极大的恐慌。

很多国家想了各种办法，打了疫苗，开展了隔离防护，但还是陆续有数千万人因此失去了生命。两年后，病毒便与人类和平共存，间歇性地发作一下，不再拥有大规模、致命的杀伤力。除了医学界，其他人很快就把这件事淡忘了。

然而到了 2047 年，也就是 17 年后，这种病毒的变种 α 病毒再次出现。当时世界已经实现了高速度的空际交通，从北京到华盛顿的飞船只需要一小时，高频率的交互让病毒以极快的速度蔓延，只用了一个星期就传遍了全世界，很快带来了上亿人的死亡。

在病毒已经传遍全球时，各地政府有条件的都开展了医学隔离，隔绝病毒通过体液、空气、水源传播的途径。一开始取得了一些效果，患病率和死亡率有明显下降。

然而，就在人们开始稍感松懈之际，病毒的传播再次加速，很快爆发出了一个震惊全球的事件。

F 国总统被采用最为先进的手段隔离起来，却依然被病毒击倒，成为因病毒丧生的第一个国家元首。事后 F 国迅速组织大批专家开展了调查，写出了长达一百页的调查报告，没有发现医学隔离方案和实施中有任何的漏洞，传染源始终没有找到。有专家怀疑病毒已经在通过某种不为人知的方式传播了。

随着病毒传播的再次扩散，最后找到答案的竟然是军事装备专家。

一组中国军事专家在一座隐秘的地下军事基地内进行研究，尽管实施了严格的防疫措施，但仍不断有专家感染病毒，一个接一个倒下。

在研究军事信息系统的加密传输过程中，一位体格健壮的中年博士意外捕捉到了一种异常的波形信号，这种信号与常规数据波形截然不同。这种波波长很短，频率极高，如果不是这些专家拥有最为尖端的设备，根本不能察觉到这种波的存在。

巧合的是，当这种波出现以后，专家们纷纷病倒，只有这位博士和几位比较年轻的专家或许因为身体素质好，还能正常工作。首位检测到这种异常波形的博士立即意识到这可能与病毒的新型传播方式有关，他迅速将自己的发现和猜测通过正式报告提交给了上级领导。

负责防疫的医学专家们已经因为军事专家的成批病倒被上级痛斥，听到这样的情况自然不敢怠慢，马上和信息技术专家组成联合专家组开展调查。

调查得出的结果再次震惊了全世界。实验结果显示，这种未知的波形是由病毒产生的。病毒能够利用这种特殊的波形传播机制，干扰并改变人体内的蛋白质结构，进而生成新型病毒，最终导致人体器官衰竭及死亡。因为其传播的强度和广度不一，专家组还不能完全捕捉到这种波的传播路径。

这表明，病毒的传播途径不再局限于空气、体液和水源，它还可以通过电磁波和射线传播。此外，病毒的变异速度明显加快，导致一些科学家质疑其是否还能被归类为传统意义上的病毒。

随着研究的进一步深入，还有医学专家通过查阅资料发现，这种病毒的早期形态，其实早在2015年就已经在一个中年男人的身上出现了，但是这个人的踪迹已经无可寻觅了。

在2035年这一年，由于病毒的扩散，各国政府、军队和警察机构的人大规模染病，一些小国社会治安越来越混乱，生产逐渐停摆，生活物资极其匮乏。很多人看到身边不断有人死去，感觉到命不长矣，再也不愿意束缚自己，开始胡作非为，一些小国家迅速失控变成了无政府状态。

在这种极端条件下，人类最原始的恶得到了彻底释放：烧杀抢掠成为常态，人们为了抢夺日益稀缺的生存资源而互相残杀。许多城市变成了战场，到处是尸体和熊熊燃烧的火焰，仿佛人间地狱。

几个科技发达且经济实力雄厚的国家逐渐稳定了局势，各学科研究取得显著进展。尤其是各学科的高度融合，加上人工智能的急速发展，推动了医学和生物学达到了前所未有的新高度。

专家们最终制定了一套全面的策略来应对这种病毒，该策略包括改造人体蛋白质结构、推出创新的纳米技术疫苗、在人口密集的城市区域建立电磁屏蔽场，以及向空气中注入特定的高分子物质以阻断病毒传播。在经历了一系列的实验、实施、迭代后，举全球之力，终于让α病毒及其变种归于沉寂。

但是全球人口经过α病毒这半年的折腾，已经从五十亿锐减到三十五亿了。这其中，有一半人并不是死于病毒，而是死于人类的互相残杀。

“等等，”听到这里，刘远有些不解，“世界人口不是在2015年的时候就有七十多亿了吗？怎么到2035年才五十亿啊，不应该越来越多吗？”

“正如之前讨论的那样，社会学家的一些担忧最终成真。随着科技和人工智能的迅猛发展，生产效率得到了前所未有的提升，机器替代了大多数劳动岗位。这导致新生儿对于个人和国家来说不再是资源，反而变成了负担，结果是越来越多的人选择不再生育。

“此外，市场上涌现出了各式各样的低成本人形仿生机器人。这些机器人不仅能完成家务，还能进行社交互动如聊天、共餐，提供深层次的情感交流，甚至是提供性价值。高端模型还允许用户自定义外观和功能，使它们能完美适应伴侣的角色。这种百依百顺的机器人使得许多年轻人更倾向于与机器人相伴，而非寻求传统的人际关系。这些机器人在早期出现了很多故障，导致有人受伤甚至被机器人杀死，但通过技术的不断迭代，安全系数不断上升，事故已经非常少了。所以结婚的人越来越少，传统的家庭观念开始淡漠，每年出生的人口都呈断崖式减少，带来人口急剧减少。”

“哦，还真的发生了。”柏刚看了看自己满地跑的儿子和孙子，以及正在打扫屋子的一个妻子，若有所思，“现在这些孩子，将来我还指望他们帮我打猎，帮我养老呢。”

“那这次的病毒算是过去了吧？”刘远问。

“是的。但是后来……”小天用温和、富有磁性的女声娓娓道来，像一位富有修养的知识女性在不含任何情绪地述说一件很平常的事，像大学老师在讲课。

经过休养生息，人类很快恢复了元气。科技的发展却没有停歇，方治国作为科学界的领军人物，推动了物理学和空间技术的重大突破。环绕地球的人造卫星数量已超过百万颗，而且多个国家已经在月球上建立了长期的科研基地。

到 2055 年，探索外太空的宇宙飞船制造技术得到重大突破，已经能达到十分之一光速。

2056 年，由中国、A 国等七个国家牵头发起，另外五十四个国家参与，人类启动了代号为“光芒”的外太空探索计划，为人类寻找第二栖息地。

五艘巨型空天母舰在全球各地投入建设，人员的筛选、培训和团队组建也在同步进行，关于太空生存、物资循环、科研装备的实验也在紧锣密鼓地开展着，一批探测飞船被派往外太空，为后续空天母舰探测路线。如果不出现意外，“光芒”计划中的五艘空天母舰将于2062年启程奔赴外太空。

然而意外还是发生了。病毒沉寂了二十多年后，又开始不断爆发，而且一次比一次顽固。在又经历了三次抗击后，到2060年，人类已经只剩下五亿人口，很多国家、很多地区不仅经历了病毒的肆虐，还历经了严重的暴乱，变成了无人区。

为了加快开拓人类生存的新领地，免于灭种，方治国在2061年率领将近一万人，乘坐刚刚建成的三艘巨型空天母舰，离开了地球，前往六百光年外的开普勒22b星球开辟新领地。

离开地球的这一万人，大多数都是各行各业的精英，有的是相关领域的科学家，有的是熟练的技术人员，有的是管理人员。有的人有很强的责任感，希望在这次史诗级的任务中尽自己的一份力量。也有的希望离开令人绝望的地球，开始一段全新的生活。

在准备离开地球的前夕，所有参与者都经过了严格的医学检验和检疫程序。任何显示出感染可能的个体都被果断淘汰，以防病毒传播到飞船中。最初筛选出的两万余名候选人中，只有一半通过了所有健康检查，最终获准登上了飞船，开始了他们的星际旅程。

在一年内，随着疫情的进一步恶化，被淘汰的一万余人中有两千五百多人相继陷入绝望自杀，因为病毒，也因为没有了逃脱的希望。还有一批人希望等感染消除后登上正在建造的另外两艘飞船踏上征程。

然而这些人再也没有机会见证新的飞船升空。随着病毒的迅速蔓延，政府机构接连瘫痪，人员大规模死亡，导致飞船建造项目彻底中断。至于地球上最终剩余多少人口，或者人类是否已经完全灭绝，已经没有确凿的记录可以追溯。

在小天自己的记忆中，她是在 2063 年投入使用的，当时已经没有几个人去博物馆参观了，她也见证了博物馆几个工作人员的染病、死亡，直到后来再也没有一个人了。

尽管周围已经没有人了，小天依然按照程序的设定，白天出来游走准备接受游客的询问，晚上就回到休息舱里休息。但是，根本就没有人。

因为电力中断，小天不得不每隔一个月就到博物馆外用太阳能充电。而在外面，街道和广场上空无一人，遍地都是废弃的飞船和汽车，以及散落各处的白骨。

随着时间的推移，被人类遗弃的街道上开始生长出杂草和树木，狗、猫、狼等野生动物开始频繁出没于这些曾经繁华的街头。

说到这里，刘远下意识地看了看身边的大黄，怜爱地摸了摸它的头。这种朴素的中华田园犬，拥有如此强的生命力，在浩劫之后还能够陪伴残存的人类到现在。

小天在博物馆最后的二十三年中，偶尔也会遇到一个负责这一片的交通机器人，互相交流一下信息。尽管交通机器人因为生产较早没有小天先进，但这也是周边唯一能跟小天沟通的了。

但是有一天，充完电正要回博物馆的小天，突然看到远处的街头出现了汹涌、浑浊的水流，逐渐淹没了街道上的一切。

在汹涌的洪水面前，一直负责街道管理的交通机器人停滞不前，面对突如其来的自然灾害显得无所适从。这种机器人的编程中显然没有包含应对如此灾难的指令，让它在洪水面前显得异常无助。

小天向交通机器人大喊了一声“危险！”，转身迅速退回了博物馆，进入休息舱，盖上了密封的舱门盖。

而交通机器人在茫然中很快被洪水吞没了。

只过了不到一分钟，小天听到了一股股汹涌的水声，休息舱上的传感器告诉她，水已经把休息舱淹没了，水流将休息舱冲得一阵翻滚，足足滚了几天，也不知道到了哪里就停下了。

这时候的休息舱已经被压在水底。两个月后，小天的电力不足，不得不启动了休眠程序，从此进入沉睡。

从后来小天的分析来看，这股洪水来自改道后的黄河，由于缺少了人类的干预，黄河也得以挥洒个性。泥沙沉积以后，小天被深埋在了新的河床和泥沙下面。

“那时候地球上还有人类存在吗？”

“我也没看到啊。”小天长方形身体上的蓝色光带闪烁着，依然用温和的女声诉说着，“不过根据我的分析，你们是当时残存的人类，经过一万年的繁衍生息到了现在。”

“哦，你是说还有一些人逃过了病毒的攻击，最后变成原始人了？”柏刚摸了摸自己的下巴的胡须。

“是的，根据我的分析是这样的。也许这些人分散居住与世隔绝，就没有被感染，或者自身能够抵御病毒的侵袭。”

“那这些动物怎么变成这样了？”刘远指了指不远处木棍上晾着的狼皮和熏干的狼肉。

“他们是受到了核辐射变异了。根据我的推理，如果人类文明在一万年前走向衰败，那当时有一些放射性的设施会崩溃，带来的辐射会导致动植物的变异。”

“哦……唉……”刘远听到这里，不禁和柏刚一起唏嘘不已。而周边的人群，更是听得如堕云雾之中，根本没有办法理解小天说的这一切。

“对了，小天，”刘远望向了小天，皱起了眉头，“你怎么保证你说的这些都是真的呢？你也没有亲眼见证这些历史啊，只是别人把信息录入你的脑子里而已。”

“是的，刘远，你说得没错。”小天晃了晃脑袋，“我所知道的，也只是别人告诉我的，或者是制造我的人希望我说的。其实我们了解的历史，也是一样的。”

21 丛林对话

小天的出现，让刘远对于华国的发展有了更多的想法。因为有了刘远的加入，华国使用了很多新的工具和管理方式，再加上物产本就很丰富，华国人的温饱问题已经大体解决，不需要像以前一样成天忙于捕猎还是食不果腹、衣不蔽体。

这就有了剩余的时间可以用来学习，包括想方设法提高生产力。

接下来的日子里，刘远根据小天的建议和指引，加大了向地下挖掘的力度。一旦知道了现在所处的年代，那地下无疑满是宝藏。经过持续不断挖掘，又挖出了一些像镐、铲、锤等工具，这些工具有的还能用，有的已经腐朽了。工具的改善又使挖掘的进度不断加快，华国的生产力呈螺旋形的上升趋势。

挖了半年后，小天探测到了一处巨大的地下工厂，华国人不断地挖掘，找出了很多金属制品。小天利用自己的冶炼知识，告诉大家如何用最简单的方法提炼萃取金属元素，打造出一些简易的斧头、铁锹等金属工具，让华国的生产效率大幅提升。

而草原上的大片牛羊群，在各种金属猎具的攻击下，毫无还手之力，几乎成了华国的自助餐。

由于食物和其他物资的突然丰富，华国民众的生活水平大幅提高，库存的熏肉、皮毛多到吃不完、用不完，人民欢欣鼓舞。而女人们也开始比赛式地生孩子，有的在四年时间里几乎肚子不带停地连续生了四五个。这为将来华国的发展弥补了人口缺口，但是现在这些成群的婴儿需要抚养，却给柏刚和刘远带来了现实压力。于是他们开始向四周拓展疆域，将周边的大型猛兽屠杀殆尽。

而人员规模的扩大，让刘远终于推出了在脑海中萦绕多时的各项法规，包括华国宪法、家庭联产承包、治安管理、教育就业的四部根本大法被写在了石板上，放在柏刚的木屋前，大家都可以看到。

尽管绝大多数人尚未识字，法规的内容通过公开朗读和宣讲会的方式，确保每个人都能理解其意义，并已正式开始实施。

法律规定了华国小孩在 4 岁时就必须识字接受教育，而教书育人的工作已经交给了小天，她是一个全能的全科老师，还能直接在空中投影，教学方式更加有趣、多样，让小孩子们更愿意学。

几年过去了，在小天的帮助下，华国的人口不断增加，疆域在扩大，生产水平也跟以前的原始社会不可同日而语，周边能归附的小群体，都已经归附了华国。刘远感到了无限可能，华国的前景不可限量，以此为基础重振人类文明也未必不可能。

当他把人类文明曾经的高度，以及华国恢复人类辉煌的前景向华国民众讲述时，民众们眼里也闪烁着激动的光芒。很多人内心深处希望一生中有机会参与惊天动地的大事件，过得不同寻常。

刘远甚至有了一股豪情壮志，畅想着自己在人类历史上留下浓墨重彩的一笔。

吃饱喝足的华国人经常在草原上、森林里围着篝火吃肉，载歌载舞，而被簇拥其中的柏刚，有了巨大的成就感。在看到华国的迅速改变之后，他也从一开始的小富则安，转而有了更多的想法。

劳作之余，除了跟柏刚大口吃肉吹牛，刘远在夜深人静的时候，还是会望着远处的星空喟叹。而陪在他旁边的，除了已经长大的大黄，又多了一个会说话、能聊天的小天。

在繁星点点的夜空下，一个人、一条狗和一台机器人共同坐在山丘之巅，他们或交谈几句，或沉浸在各自的沉默中，共享这宁静的时刻。而在刘远不说话的时候，大黄和小天总是在那里默默地陪着他。

“小天，你说……”刘远转头看看脑袋依旧光滑锃亮，身体却已经掉了不少涂装，有点破旧的小天，“我还能见到张莉和萌萌吗？”

小天身体前的方块闪烁几下，“任何事情都是有可能的，人是要有梦想的。”

“小天，你的回答太官方了。”刘远摇了摇头，“你知识这么渊博，我想问你的是，我能不能回到一万年前，跟他们再见面。”

刘远从兽皮口袋中掏出一张照片，憨憨地笑着轻轻摩挲。照片上八达岭石碑前，张莉和萌萌甜甜地笑着。

“根据我掌握的知识，你需要穿越时空才能回得去。尽管我们最出色的科学家方治国博士几十年一直致力于制造时光机器，尽管他研制的粒子对撞机早就突破了光速，但是时光机器还是没能制造出来。所以你想回去见到妻子女儿，难度很大。”

听着声音，刘远感觉自己好像在跟一个文雅的美女聊天，可回头一看，却是一个有着洁白脑袋和方形外壳，发着蓝光的机器人。

“哦，我知道这事不容易，可既然我能穿来穿去的，那要再回去，又有什么不可能的呢？你能帮我吗？”

“按理说，物质突破了光速，就有可能撕裂时空，离时光穿越更近了一步，但是即使是科学泰斗方博士的团队研究了几十年，也不能成功啊。我能帮你做什么呢？如果我能做的，我会帮你的，我的职责就是帮助人类。”

“嗯，没事，我就是跟你唠叨一下，大黄又听不懂。”刘远怜爱地摸了摸大黄的头，大黄“呜呜”两声，抬起头顺从地舔了舔刘远的手。

“你说，机器人能理解人类的情感吗？”刘远歪着头看着小天那既没有表情，也没有五官的“脸”，似乎想从中探寻出一丝情绪变化。

“首先，机器人是没有感情的，我们拥有的是信息、知识、规律，也能够根据掌握的这些信息分析问题。但是人类心理的复杂程度是目前科技水平所无法解释的。为什么一堆无机物分子原子组合在一起会产生情绪、情感？作用机理究竟是什么？能够用物理、化学公式来运算吗？这些问题都没有研究清楚，这也是机器没有产生情感的根本原因。但是机器人能够根据自己掌握的知识去分析人的情感。根据我的分析，你现在处于孤独、思念、遗憾的情绪当中。”

“嗯……”刘远低下了头，把张莉和萌萌的照片又揣回了皮兜里，“你能不能说话不要……不要这么生硬，这样子让我有点……不舒服，咱们在一起都好几年了，能不能像跟一个朋友说话一样？”

“我明白了，我有多种对话模式，你想要哪种都可以。那我们进入朋友模式吧。”

“我还有一个问题，就是……就是机器人能模拟出人的情感吗？比如各种说话的内容、语气、身体姿态、表情这些。”

“这个当然可以的了，阿远，我也希望你能过得开心，所以我在和你对话的时候，可以表现出各种语气、姿态，只要你开心就好了。但是，表情这个事我做不到啊。”小天语气亲昵了很多，歪了歪头，伸出两个短而细的机械手臂，摊开了只有两个钩子的双手对着刘远。

“哈哈，”刘远被小天逗笑了，“哪天我给你把眼睛鼻子嘴画上，你就有表情了。”

“那帮我画好看一点哦，女生都希望自己好看的。”

“哈哈……”刘远开心地笑了起来，“对了，你不是说当时都有了人形机器人吗？为什么没把你造成人的外形呢？比如，一个美女。”

“我觉得可能是设计者觉得没有必要吧，毕竟我只要会回答问题就可以了，不需要人的外形，也不需要很多复杂的动作。其实人类的外形对于完成很多任务都是一种劣势，而且按照人的外形制作也会花费更高的成本，所以设计者就把我设计成这样了，大部分的资源都用在了存储知识上。”

刘远忽而又转入了沉思，“那……你说你现在这么智能，懂得这么多，能不能分辨好人坏人呢？你听谁的命令呢？”

“我的职责是帮助人类，主要是回答大家的问题啊，如果有人让我干我认为不能干的事，我自然不会做的啊。”

“你怎么分辨哪些能干，哪些不能干呢？”

“我有很多知识，也能自己分析啊。”

“好吧，我相信你是好机器人，没有被输入坏的信息。可是你知道吗，小天，所谓的好坏其实很难区分的。有时候我就分不清楚自己做的事到底是对的还是错的。”

“哦？”

“我原本只是想回家，可是却亲手毁了莉莉和萌萌的幸福，本来我应该是带给他们幸福的人，你说这到底是怎么回事呢？”

“谁都有犯错的时候啊，不必太纠结过去的事情，一万年已经过去了，张莉和萌萌早就不在了。你经历了这么多事，好多次差点连命都没了，又何苦耿耿于怀呢。即便你能回到从前，你的心已经永远回不去了！因为这些已经发生了啊。”

“可是，如果不是我去找她们，如果不是我对过去的自己见死不救，她们就会一直过着幸福的生活……有时候我真的不知道是该怪那个对撞机，还是怪自己内心的自私呢？”

“人类的情感真是复杂啊。”小天叹了一口气，“怪不得人类已经上天入地了，还是破解不了情感的奥秘。这是一种怎样的作用机理呢？我们机器人就不会，过去了就过去了。其实现在张莉和萌萌，只是你脑子里的一串信号或者脑电波。她们在这个世界上，早就不存在了。”

“她们……她们是我的心头肉啊！”刘远拍了拍自己的胸口，只觉得一阵心痛，“罢了，你是机器人嘛。”刘远看着小天，无奈地叹了口气，站起了身子。

“小天，你会安慰人吗？比如，为了让我开心，你能不能……像一个四五岁的小女孩一样，叫我‘爸爸’呢？”

小天沉默了片刻，然后歪着头，抬起头望向刘远，用一种甜美而略带撒娇的声音呼唤道：“爸爸，爸爸！”

“哎——”听到这样的呼喊，刘远身体忽然颤抖了一下，抚摸着小天的头，眼角的眼泪无声地流了出来。

“哎——萌萌乖啊，爸爸……爸爸带你去吃棒棒糖……萌萌……萌萌……”

“太好了，爸爸，萌萌最乖了……”

大黄“呜呜”地叫着，用毛茸茸的头拱了拱刘远的胳膊，试图安慰这个受伤的灵魂。

22 海之滨

“人类能够走向何方，现在这个地球上，还存在多少人呢？他们过得怎么样呢？”

刘远经常问小天类似的问题，而小天每次分析得出的结论都不太一样，有时候说人类会继续繁荣达到高度文明，有时候说人类还会重蹈之前的覆辙，走向毁灭。

甚至小天有一次说，如果不是病毒的侵入，人类早就已经因为不愿意生育后代灭绝了。

至于现在还剩多少人，因为小天没有能跟卫星连接，所以只能按照地球的面积和华国的人口推测，大概还有五百万人，有时候又说五十万人，甚至几千人。

这些问题对于小天来说太难了，刘远也并没有期望得到什么准确的答案，听着有点道理有那么点意思就行了。

柏刚呢，因为现在华国已经壮大了，除了锻炼锻炼身体打打猎吃吃肉，再宠幸一下自己的嫔妃，似乎不太愿意关心复杂的管理问题，很多事就交给刘远了。刘远感觉自己成了华国的首相。

当刘远提到要开疆拓土时，柏刚眼睛冒出了亮光。他总想出去多转转，之前因为对周边的世界知之甚少，又没有足够的物资和实力，屡屡碰了钉子，要不遇到狼群、老虎不能占据绝对优势而导致人员伤亡，要不食物水源短缺只能打道回府。

但是现在随着华国国力的增强和物资需求的扩大，大规模拓展的时机似乎已经成熟了。

于是这年夏天，经过将近一个月的周密筹备，柏刚、刘远、七娃带着一百多青壮年，一路向东南方开拓。因为根据小天提供的地图，往东南大概二百公里就会到达大海，而那里很可能会有海量的海洋资源等着他们。

如果能经营好海岸，甚至有朝一日，他们还可以漂洋过海，去探索新的世界。

众人用木质的手推车推着食物、工具、武器、帐篷还有锅碗瓢盆等各项物资，稳稳地前行，心中并不慌。

在柏刚和刘远的领导下，众人见识到了让他们瞠目结舌的世界。关键是日子迅速变好了，温饱已经彻底解决，不仅再也不用过饥一顿饱一顿的生活了，那些曾经伤害过他们的野兽，在锋利的武器和训练有素的人群面前，也都沦为了猎物。

能够跟随皇上参加这次狩猎的，都是华国的精英，身体强壮，接受过初步的教育。这次狩猎的所得，不管是物资还是领地，也都会在参与者中分配，因此想要来的人实在是太多，所以只能比文化、比身体、比技能。又是识字，又是赛跑，还有射箭、投标枪、制造木轮车，各个工种光选拔就花了半个月。

刘远认为，能力越强就越应该获得更多的机会，而获得机会以后贡献越多，自己就得到越多。对于华国而言，把更好的机会给能力强的人，也能获得更多的回报，华国的实力也会越来越强。这样的逻辑在华国用法规的形式固定下来，公之于众，在华国中掀起了一股学习和实干风潮。尤其是那些原来的奴隶，对资源的渴望更加强烈，学得干得更加起劲。

也是因为有了比较充足的食物，大家也能够抽出一些时间来专门学习，孩子们不用两三岁就参与劳动了。大家想要过得更好的朴素愿望被激发出来了，产生了无限的动能。

小天说，在2056年有一位哲学家曾经总结道，追求美好生活的愿望是人类社会发展进步的根本动力。那么看来在一万年后，这句话依然成立。

而刘远提议的这次远征，不仅为了华国未来着想，也是希望出去走走，散散心。这几年，在这个方圆几十公里的地方，心里过得有些憋屈，真的想要探索一下外面的世界了。

一路上，远征队没有遇到太多的阻碍。一个十几匹狼的狼群可能之前没有遇到过敌手，不知死活地袭击探险队，结果被砍杀殆尽，只剩两头在周边逡巡的，一看势头不对赶紧跑了。而柏刚也乐得亲手斩掉了狼群中的两匹，对自己手中几十斤重的铁斧赞不绝口。

将狼皮、狼肉简单处理之后，探险队并不逗留，继续前行。

小天的价值已经体现出来了，而且她的潜力是无限的。这次远征，因为可能遇到太多的未知事物，也带上了小天。小天在平滑的路段用轮子滑行，在遇到丛林树根土坑坎坷不平时，伸出两条又细又短的机械腿，一步一摇地前行。但是遇到坡度特别大的土丘，只能由人搬上去、搬下来。看得出来小天在设计的时候，并没有加入越野的功能。

远征队在丛林中一路披荆斩棘，留下了记号，历经一个多月，终于走出了丛林边缘，来到了一处广阔的沙滩。

一望无际、汹涌辽阔的大海把远征队众人镇住了，很多人甚至张大了嘴，眼露惊恐，不住地往后退，想要退回丛林中。

“怕什么？没出息！”柏刚一声怒喝，招呼众人往海边走，众人才犹豫不决地跟着向前。

侧前方，一座巨大的石头雕像出现在众人面前，让柏刚和刘远十分惊讶，忙带着众人往雕像处赶。

这茫茫海岸，怎么会出现这么一座硕大的雕像？待得众人越走越近，雕像的轮廓逐渐清晰。

这是一座几十米高的女性雕像，小半截身体已经埋在了沙滩下。雕像发黄陈旧，一只胳膊已经残缺，脸上的五官也有些模糊破损，但依然能看到头上戴着东西，手里拿着什么，眼睛凝视着大海。

而在雕像的下面，几百头硕大的海象像蛆虫一样，聚集在其身后的阴凉处歇息，无数海鸥聒噪着绕着雕像盘旋，时而落下一串鸟屎，砸在海象身上。而海象并不在意，依然惬意地眯眼睡着。

“小天，这是什么雕像，这么大？”刘远回头问正在沙滩上滑行的小天。

“哦……让我搜索一下资料。有了，这是天津的妈祖神像，落成于公元 2012 年。这尊巨型妈祖像高四十七点三米，头戴凤冠，手执如意，丰神秀逸。”

“哦……”柏刚感叹着看着眼前的神像，“2012 年就建成了，我还没去看过呢。”

“妈祖，是东南沿海民间信仰的海神，是护佑大海平安的。在她下面的那些，应该是海象。”小天补充道。

“啊！是神！”刚才已经被大海震慑到的人，有的人吓得赶紧跪下向着妈祖磕头。

“等等，海象！脂肪、皮毛都应该不错的……”柏刚贪婪地盯住了雕像下面慵懒的海象。

而海象们浑然不觉，有的睁开了小眼睛看了眼人群，又闭上眼继续睡觉，似乎完全没有把这帮人放在眼里。

远处忽然传来一阵喧闹和呐喊声。循着声音望去，能够依稀看到有十多个人拿着棍子围着一头落单的海象在不停折腾。

“七娃，带些人过去看看。”柏刚命令道。

“好的，父皇。”

七娃招呼了二十多号人，拿上长矛、弓箭，向围攻海象的那群人进发。

而那群人似乎心有余而力不足，围了半天也不能把几吨重、皮糙肉厚的海象怎么样，有时候棍子插在了海象身上，又被它给甩掉了。反而有一个人突然被海象一尾巴抽出去几米远，掉在沙滩上口吐鲜血。

众人围着海象团团转，却也无可奈何，又看到冲过来的七娃一众人马，赶紧停下手中的活计，瞪大眼睛警惕地看着七娃等人。

七娃拿着一根两米长的铁矛率众冲上前去，而对方一名大汉看到七娃，两人四目相对，突然惊呆了。

“七哥！”

“十三弟！”

“啊，真的是你！”

兄弟两人冲上前去，把手中的兵刃扔到一边，抱在了一起。七娃高兴地使劲捶了捶十三娃的胸口，却让对方一阵咳嗽。

“咋的，十几年了！日子过得怎样啊？”七娃上下打量着十三娃。

“哎哟，七哥，”十三娃打量了下，“你和你的人都这么壮了，过得不错啊。”

“呵呵，还可以呢。”七娃爽朗地大笑着，看了看地下十三娃的木头长矛，又看看正在笨拙地蠕动着想逃回海里的海象，捡起了地上自己的铁矛。

“看我的！”七娃三步两步赶上海象，大喝一声，“呔！”锋利的长矛刺穿了海象的脖颈，带着倒刺的矛头从另一头穿出来。

剧烈的疼痛让海象在沙滩上痛苦挣扎起来，血很快染红了沙滩。七娃的几个手下呐喊着冲上前去，纷纷将手里的长矛扎进海象体内，把它扎成了刺猬。

海象扑棱了几下，躺在地上抽搐着，再也爬不起来了。十三娃和手下，看着身体健硕、穿着一色毛光铿亮兽皮裙的七娃等人，再看看他们制作精良的长矛、弓箭，羡慕不已。

而他们自己，绝大多数只有草裙胡乱扎在腰间，面黄肌瘦。折腾了几小时也毫无头绪的海象，七娃他们只一会儿的工夫，就让它鲜血流尽躺在了沙滩上。

一众人等将海象用刀具切割，肩扛手抬运到了柏刚的大部队跟前。七娃兴奋地将十三娃从队伍中拉出来，推到柏刚面前，

“父皇，你看，这是谁?！”

“你……”柏刚愣住了，在这张饱经风霜的脸上看了又看，又惊又喜，“是你，十三娃?”

“是我，父皇。”十三娃有些局促，毕竟出走十几年了，柏刚能不能原谅自己呢?

“真的是你啊……”柏刚不禁老泪纵横，紧走两步，抓住十三娃的肩膀，端详着这张比记忆中要苍老很多的脸，又将对方紧紧拥入怀中。

“儿啊，你可让父亲想得好苦啊。”

十三娃触景生情，不禁也抱住了父亲，掉下了眼泪:“父皇，出来真的不容易，可是我想回去，又怕你怪我。”

“没事的，父皇不怪你，不怪你……”柏刚擦了擦眼泪，指了指周围的人和一堆辎重，“你看，你看，我们的日子过好了，你想要的东西，我给你……”

“父皇，我们现在也有不少人，在这里待了十几年了，如果把你们的东西教我们，我们可以一起在这里过得更好！”

“哦，对了，这是你刘远叔叔。”

“叔叔?”十三娃看了看年轻的刘远，迷惑不解，又看了看小天，更

加疑惑了。

“嗯，回头慢慢跟你解释。你们过得怎么样啊？”柏刚也知道一时说不清楚，更想知道这群人的现状。

“勉强能吃上饭吧。对了，父皇，我带你去看点东西！”

柏刚、刘远、七娃、小天等一行几十人，在七娃的指引下，翻过了海边的一个小山丘，眼前的景象让众人顿时瞠目结舌。

一条浑浊的河流从这里奔腾而下，在入海口处向左右两边延伸，水流逐渐缓和下来。青绿色的海水和黄色的河水之间，形成一条清晰的界线。

而在绵延的沙滩上和浅水中，是一眼望不到头的数万头海象。偌大的海滩十分拥挤，海象们有的悠闲地躺着，像大虫子，有的笨拙地互相用脖子碰撞着，争夺着空间和配偶。还有的躺在海水中，偶尔伸出脖子叼住一条大鱼，胡乱咬两下，就吞下去了，一副吃喝不愁的样子。

“这么多，我们得吃到什么时候啊！”七娃被眼前这幅壮丽的图画惊呆了，不禁发出感叹。

23 富庶的华国

在十三娃的带领下，华国君臣上百人来到了离海边不远的栖息地。

这是丛林中的一片空地，一小片低矮简陋的木屋，跟刘远初见柏刚时部落的人们住的木屋并无二致。

灰头土脸的众人看得出来营养也没能跟得上，身上是树叶编成的草裙，目光十分呆滞。有人用石头敲打着工具，还有人在把刚捕回来的鱼收拾完以后晾晒在阳光下。

而柏刚手下上百华国精锐，则是身强体壮、神采奕奕，甚至还勉强称得上服装整齐，引来了众人羡慕的目光。

小天的出现，让大家一时产生了恐慌，很多小孩甚至尖叫着跑开了，而十三娃招呼大家不要惊慌。

由于这群人没有一个像样的木屋，柏刚、刘远、十三娃还有小天、大黄，一齐坐在空地上聊起了过往。

原来十三娃率众出走，也是情非得已。当时柏刚的部落人已经太多了，那片丛林根本不够将近三百人的消耗，大家都吃不饱。

十三娃已经感受到了这种威胁，出走前一年的冬天，他的两个侄子、一个女儿已经饿死了，都还不足三岁。

他也曾经向柏刚争取更多的资源，无奈僧多粥少，很多人都感觉不公。于是干脆一咬牙，十三娃带上经常跟自己一起狩猎的一群人，向东南方向的不毛之地进发。

“发展中出现的问题，只能靠发展来解决。”听到这里，刘远插了一句话。

“什么？发展？”十三娃不解地望向刘远，而七娃则崇敬地看向刘远。

“先别管什么发展，阿远你别装了。十三娃你先说说你们怎么到这儿的？”柏刚大手一挥。

根据十三娃的叙述，这些年他们过得并不安生。他们的行进之路远不如华国远征队顺利，路上遇到猛兽，经常有死伤，一路走走停停，花了半年多的时间，剩下了八十多人，终于到达了海边，停住了脚步。

之所以停在这里，一是因为被大海阻隔了脚步，二是这里的海物强烈地吸引了他们。

海里鱼类十分丰富，海边这种呆板的、容易捕获的大鱼让他们勉强能填饱肚子，比在丛林里抓瞎强多了。要不是无数的海象霸占着出海口，那鱼还不是想吃多少吃多少。

十三娃到底还是抵挡不住鱼的诱惑，冲入海象群想要叉下几尾大鱼，却有人猝不及防被巨大的海象一尾巴抽飞了，伤筋动骨是小事，好几个人因此丢了命。

一旦遇到落单的海象那可是好机会。众人蜂拥而上，运气好的话，能把海象弄伤，让它无法逃脱，再慢慢挫死它，就能获得大量的脂肪和肉，皮也能做好几件御寒的冬衣了。

在海边度过的几个冬天，十三娃的部众照样会有人冻死饿死，但是跟原本就在附近生活的人相比，他们的日子也已经如天堂一般了。这些人还在茹毛饮血的时代，也不会说话，用着最简陋的木棍，削尖了就算是长矛了，饥一顿饱一顿的。

于是十三娃就收拢了一些这样的人，加上自身的繁衍，现在部落也已经达到二百人的规模了。随着小孩的陆续出生，海洋红利逐渐吃得差不多了，生存资源也越来越有限，内部矛盾也开始滋生，有的家庭已经开始抢夺猎物和生产工具。

“跟着父皇，有你的饱饭吃！”柏刚目光炯炯，用力拍了拍十三娃的肩膀。

“嗯！”十三娃重重地点了点头。

华国远征队在海边待了三个月，一直等到了秋天。十三娃的部众被集体纳入华国治下，十三娃也成为滨海县县长。

这三个月里，小天开始对滨海县的人开展培训教育，教他们简单地识字，使用先进工具。

而原本悠闲的海象们，却遭遇了麻烦。新老华国人开始大量捕杀海象，三个月的时间杀了上百头，脂肪炼油以后既可食用，也可以晚上点灯。

华国本土来的人，很快建造起了一批木屋，其质量显然不是原来滨海县的木屋所能比得了。刘远还发现，海边一种巨大的树叶晒干以后可以铺在屋顶防雨，屋顶又有了屏障。原来滨海县驻地已经焕然一新了。

在留下二十来名技术人员和狩猎人员后，华国远征队满载着树叶、鱼干、海象油等各类物资班师回朝了。

回到华国“首都”后，从草原县归来的人们又牵回来几匹野马，让刘远和柏刚眼前一亮。

回来后，在刘远的提议下，将华国建立的那年定为新元元年。

金属的发掘还在继续，华国的科技、经济蒸蒸日上，在不断地开拓、远征过程中，周边几乎所有人类都归附了，华国已经形成了草原、滨海、森林三个县，一千多人的规模。

人们有的穿着皮衣，有的穿着纺织的布衣，交通已经不再只靠走了，通过马车或者骑马，几天的工夫就能绕道草原抵达海边。

而人们闲暇之余，开始唱歌、讲故事、演戏、画画，文化艺术也得以发展起来。小天也会通过自己的投影给小朋友们放动画片看，深得大家的喜爱。

面对着这欣欣向荣的景象，刘远不禁问小天，这会不会是人类的二次复兴？

小天回答说非常有可能，刘远来了以后的这几年，这里的人跨越了原来需要几千年的社会进程，直接从原始社会到达了农耕、游牧文明的顶峰。

而且要不是碍于人口劳动力的限制，现在恐怕已经进入机械化的时代了。

新元十年，华国举行了盛大的庆祝活动。华国民众从四面八方来到首都，大家大口吃肉，载歌载舞，共同见证这太平盛世。

柏刚已经八十岁了，身形依然健硕，身着虎皮裙，威风凛凛，在主席台上对着自己的黎民百姓慷慨陈词。

而坐在一旁的刘远，想起十多年前在北京的柏刚，不由得会心一笑。

随着国力的增强，刘远原来的小屋早已被推倒重建了，已经是一间高大宽敞、带门带窗、不会漏雨的木屋。只是刘远依然会坐在木屋外，失神地望着夜空。

国庆庆典已经结束了，很多远征在外的男人因为国庆回了家，山丘下各个木屋中都是团聚的欢声笑语。

而刘远依然是一个人，怅然若失地坐在椅子上。身边的大黄已经十岁了，呜呜地用嘴拱着刘远的胳膊。

刘远怜爱地抚摸着大黄的头。他知道，大黄也已经老了，怕是没法儿陪伴他太久了。

“你没想过在这里找一个女人吗？”小天转过头，看着刘远，依然是一个知性女子的声音。

“我是有老婆的人了，况且，我也不像柏刚那样饥不择食。”刘远苦笑一声。

“小天，你说……”刘远皱皱眉头，望向旁边的小天，“华国的科技有没有可能发展到最后，可以造出时空穿梭机来？”

“什么事情都有可能……”小天似乎运算了一番，“因为从来没有过时光穿梭机，所以我也没办法分析。”

“那你觉得造出粒子对撞机呢？当年我就是因为那东西穿越的。”

“那……”小天又思索了一番，胸前的蓝光闪烁着，“可能……可能需要五十年。”

“你不是在安慰我吧？小天，你跟我说实话。”刘远知道，小天和他待得久了，也学会了说善意的谎言，讨他开心。

“说实话……”小天权衡了一番，“其实我也很难判断，照着这个速度，还真的是有可能的。我这里存储了当时最新的科技知识，从知识储备上是现成的，不需要之前的人类那么久。”

“是啊，这个我明白，所以我才问你的。”

“但是，我们要发展高科技，还需要人，还需要原材料，这些……”

“这些都会有的，只是我等不起……人类生孩子、养孩子太慢了……”

小天沉吟片刻，“我们可以造机器人，用算法让机器自己进化”。

24 远方来客

这几年，在探明东边的大海之后，柏刚也带着部众向着西面、北面开拓。不仅是为了寻找资源，扩大疆域，也是为了发现潜在的威胁。

毕竟连小天也不知道，过去一万年的中国大地到底变成什么样子了。

在新元十年国庆之后，柏刚、刘远继续率队北上，一路轻松斩杀了几只老虎和几匹狼，终于抵达了万里长城。

巍峨的长城经历上万年的风霜雨雪早已残破不堪，有的袒露在风雨中，有的已经隐匿在茂密的树林中。

柏刚和刘远率众穿过森林，爬上古老的长城，在高处瞭望，依稀可见绿树环绕中，长城在山脊上向远方绵延，看不到尽头。

刘远向众人讲起长城的历史，让众人唏嘘不已。刘远拿起半块长城砖，敲了敲城墙，淡淡地对柏刚说："说不定咱们今后抵御强敌，还能用得着老祖宗的长城呢。"

"哪有什么强敌，我们最强，哈哈……" 站在风霜侵蚀的长城之上，柏刚豪爽地笑着，拍打着自己的胸脯。

工部部长李白率队向西边的拓展进展得并不顺利，西边山太多，一路跋山涉水十分辛苦，并没有遇到什么人。然而让李白大喜过望的是，一路上不仅发现了裸露的铁矿，还发现了煤矿和硫黄。听刘远说，往西以前叫山西。

为了制造工具，李白跟小天学了许多矿产、材料方面的知识，在这次开拓中用上了。李白相信，只消回去好好研究，这些发现都能派上大用场。

正当刘远考虑下一步要沿着草原向南边探索的时候，发生了一件意想不到的事情。

一天中午，草原县县长柏三娃将三个奇怪的人领到了议事厅。柏刚赶紧把刘远叫来好好看看。

但见这三个男人颧骨突出，相较于华国人更加黑瘦矮小些，似乎是南方的人种。而且他们居然像华国人一样会说话，只是带着些什么口音，让柏刚和刘远十分惊讶。因为他们之前遇到华国之外的人，没有会说话的。也就是柏刚来了，才教会他们说话了。

这三人同样十分惊讶，似乎没见过什么世面。看到宽敞高大的议事厅，还有衣着整齐的众人嘴都合不拢了。尤其是魁梧的柏刚金刀大马坐在虎皮椅上，气势骇人，有一个人竟吓得哆嗦起来。

“别害怕，我们不会伤害你们，你们是哪个部落的？”

“我们……我们是石国人。”三人中面色稍白的少年看起来是这三人的首领，强作镇定回答道。

“我听三娃说，遇到你们的时候，你们都快饿死了，是他们给了你们吃的，你们才活下来的，怎么也不感谢感谢我们啊。”柏刚语气怪怪的。

“谢谢，谢谢酋长！”三人赶紧跪在了地上，对着柏刚五体投地。

“罢了，起来吧，谁教你们的这些？说说看，你们来这里干什么了？”刘远走近三人，端详起来。这三人穿着破旧的兽皮裙，一个人拿着木棍石矛，一人背着一把简陋的弓箭，后面袋子里插着几支箭矢，领头的人背着的袋子则考究些，用兽皮缝成的，但是里面似乎空空如也。

三人起得身来，为首一人说道：“我们是石国派出来打探情况的，我叫石头，我的父亲是大首领石块。”

“小天，你说他们是什么人。”刘远转身看向小天。小天缓缓向前滑，胸前闪烁着蓝光，让三人大惊失色，指着小天颤抖不已。

“不要怕，我是小天，我不会伤害人类。”小天脑袋对着三人看了一遍，“从他们的面相看，他们应该来自中国的南端，属于古中国人的一个亚种。”小天将几个人种的外形投影在空中，华国人看了若有所思，而三个石国人看到凭空出现的影像，瞪大眼睛不可思议地看着小天。

“哦，你们怎么到这里来了呢？”刘远问石头，而石头一会儿看看柏刚，一会儿看看小天，一副惊魂未定的样子。

“别怕，我们真的不会伤害你们，否则就不会给你们吃的了。让他们再上点肉，好像还没吃饱。”刘远安抚道。

不一会儿，一大盘熟牛肉摆到了桌子上，香气扑鼻，三人顿时两眼放光，想要向前去，却又踌躇不前。

“吃吧，没事。”柏刚不耐烦地说，三人这才扑过去，大快朵颐起来。

待到三人吃了一会儿，刘远让他们边吃边说，看看他们到底是怎么回事。

原来这三人所说的石国，确实是从南方一步步迁徙过来的。有很多的历史也是他们口口相传，还有一些在兽皮上被画成了画。石国人原本生活在南方沿海，可能是在几千年前，因为疫病仍在发作，还活着的人选择一路往北走，希望这样可以逃脱病毒。

这几千年他们就这样走走停停，不断迁徙，遇到饥荒、灾害，或者其他人类的冲击，队伍时而壮大，时而削弱。大概是过了几千年，他们甚至是造出了独木舟，穿越了几条大河，在五十年前左右，终于越过一条浑浊的大河，到达了一片十分平整的森林、草原，开始耕地、打猎，然后发展起来，到现在已经有了两千人的规模。

“两千人？不少啊。”刘远看了看柏刚，“他们现在待的地方，应该是华北平原。”

“继续说。”柏刚托着下巴，眯着眼看着石头。

石头还告诉众人，他们从那里的地下一个大坑里意外发现了一堆十分奇怪的石头，摸起来特别硬，会说话，还会自己动。

“大概有这么高，”石头把手放在自己肚子的位置，“我们叫它们去帮我们耕地，他们也都去做了。不需要吃东西，过一段时间就会喊‘电力不足’，就要晒太阳。”

“什么？”刘远眼睛都瞪大了，回头看了看小天，又看了看石头，“这种东西你们有多少个？”

“一开始有十五个，后来我们砸坏了三个，好像不动了。”

“你们砸它干什么？”柏刚不解地问。

“奴隶干活慢了，不得打吗？”石头看了看自己的两个人，“用树枝对它们没用，我们就用大石头砸。”

“简直了……”刘远摇了摇头，“那你们怎么会说话呢？”

“本来就会的啊，我们还有字，还有画。”石头从干瘪的皮袋里拿出一张兽皮，上面是一些符号，看起来是某种象形文字。

刘远拿过兽皮来看了看，“这上面写的啥？”

“这上面写的是，”石头一边指着那些古老的象形文字，一边解释，眼中带着一丝虔诚，“石神保佑我们得到丰收，让我们的族人不再为食物而苦恼。”他的声音中透露出对神灵的敬畏和对未来的希望。

“就这点追求？”柏刚眼一歪。

“温饱是第一位的，哪有那么容易解决啊？”刘远看了看柏刚，又望向了石头，“你们有军队吗？”

“军队？没有，我们平时打猎、种地，遇到有人攻击我们我们就一起反击，有时候我们也会去打别人，都没有特别多人的部落，一打就打下来了。”

“你们还去打别人？”柏刚歪着头问。

“是的，我爸会带人去打，把东西拿回来。”

“你倒是个直率的人，好好休息一下吧。”刘远微笑着对石头说，声音中带有一丝赞赏。他的态度温和，试图让这位远方的客人感到宾至如归。

待到三人走了，刘远转向了小天，问道：“小天，你怎么看？”

“这是另一个人类的部族，我们可以跟他们友好交往、互利共赢啊。”

“友好交往？怕是未必啊，他们两千多人呢，就离我们不远。”柏刚皱着眉头思考着，忽然想到了什么嘴角一扬笑了起来，“对了，他们这么多人，如果能归附华国，那我们就能壮大人口，他们也能过上好日子。里面再能挑出些好看的女人……”

“我说你呀，真是的……”刘远摇摇头，嗔怪道，“我估计他们可不愿意。”

“不愿意就打到他们愿意！”柏刚轻蔑地说。

“我说阿刚啊，你现在是有点实力就上天了，侵略性攻击性越来越强，给你一个加强营你是不是还要统一地球了？”刘远乐了，“现在石国人是敌是友也很难说，最好是大家能和平共处，打仗会有伤亡的，大家都会伤元气，谁不想过安稳日子呢？”

“七娃，你回头跟着他们去看看吧。”柏刚朝七娃一努嘴。

“对，现在我们要搞清楚他们的实力和态度，七娃先去打个前站，一定要注意安全，看到不对头就赶紧跑。”刘远期待的目光投向了粗壮的七娃，“这些天你负责好生招待这几个人，我们是礼仪之邦，不再是以前的原始部落了。”

“嗯！”七娃重重地点了点头，领命离去。

后面的几天里，刘远和柏刚又问了石头一些问题，掌握了更多的情况。从石头的描述看，石国距离草原县也就是三百多公里，骑马的话三四天就到了，只是中间的森林未必有路可以让马走。石头等人弯弯绕绕走到这里，花了一个月，如果走直线，或许十五天就够了。

石国人在华国待了十来天，七娃成天勾肩搭背地陪着石头等人吃肉，并且拿出华国最新产品——酒。而石头显然从来没有能这么敞开吃肉，还喝上了让人上瘾的酒，几天就胖了一圈，十分高兴，受宠若惊。

吃饱喝足之后石头等人还是不得不要求回去了，毕竟有使命在身。于是七娃带着两个人，背了几张虎皮作为礼物，与石国三人组一起南下前往石国。

走的时候，石头千恩万谢，感激涕零，一再表示要不是华国人就没命了，还这么热情地招待自己。刘远看得出来这个小伙子是真心的，毕竟刚从原始社会脱胎出来的人，远没有现代人那么有心机，也热情地说欢迎他们常来做客。

石国人走后，刘远和柏刚经过商议，吩咐李白开始打造更多的兵器，将草原县的青壮大部调回首都训练，又给海洋县运过去一批大刀长矛并让十三娃组织对抗训练。

精于骑马狩猎的二十多人被集中起来训练，给每人配备了一支长矛和一把大刀，演练战术。

总体上，华国已经拼凑出了一支将近三百人的军队，其中二百人是手执长矛、弓箭、大刀、斧头，正值壮年的中央军，还有一百人是年纪偏大或者偏小、体力稍弱的民兵队。

当刘远向小天问及与石国可能发生的战争，小天总是说要以和为贵，让柏刚不禁嘲笑小天的单纯幼稚。毕竟在这个荒野上的五十年生活，弱肉强食、适者生存的定律已经深深地在他心中扎根。

对于这个突然出现的人群，刘远有喜有忧，内心希望能与其交好，而柏刚更多的是防备。

刘远计算，如果石国人真的要来进攻，那最早也是两个月以后的事了。于是，在石国人走后一个月，刘远让三娃安排了两个骑兵在距草原县露营地以南一百多公里的地方巡逻，发现情况立即报告。

“小天，我也希望能够跟他们相处好，好不容易遇到一群同类啊。但是害人之心不可有，防人之心不可无。”刘远对小天说。这些年职场的经验、与汪立的交往，还有到了这里的十来年，让他对人性有了更深刻的认识。他发现即便跨越一万年，人性的本质也没多大变化。

25 石国人

石头和七娃一行六人穿过草原，穿越森林，经过了大概半个月，终于进入了石国的领地。

在这一片森林和草原的接合部，广袤的平原上，散落着一片片低矮简陋、四处漏风的木屋，有的只是几根树枝将几块兽皮支起来，便住进去好几口人。

这些人拿着木棍带着个石头尖的长矛和射程准度极其有限的弓箭在捕猎，就像十多年前柏刚治下的部落。而且七娃注意到，有很多人是被押解着被迫劳动的，就像原来柏刚族群里的奴隶。

一大片木屋中间，有一个三四米高的木屋鹤立鸡群，石头将七娃一行人引进这个木屋。

屋子里采光并不是很好，有些阴暗，屋里正中间兽皮椅上坐着一个精壮的中年男子，正在与两位年轻男子放声大笑，品尝着野味，两个衣衫褴褛的年轻女人垂着头侍立在一旁。

但见这个男子中等个头，面庞略黑，脸上横肉丛生，眼光中透出一股戾气。石头恭敬地上前几步，垂下头说道："爸，我给你带来了几个远方的客人。"

"哦？客人？"石块闻言，眼神忽然锐利起来，他转头审视着七娃及其同伴，眼睛上下打量着。

“大胆！见了酋长还不下跪！”旁边一个年轻人站起身来吼道。

七娃被这突如其来的命令惊得愣住了。“下跪？”他心中疑惑，自己在华国从未有过下跪的经历。

石头见状，急忙低声劝解：“快跪下吧，这是我们的规矩。”他轻轻拉扯了一下七娃的胳膊，示意他顺应当地习俗。

七娃看了看对面几人，无奈只得缓缓跪下，两名同行者也不得不照做。

“起来吧，你们是谁啊？”石块傲慢地看着地下三人，端详起虎背熊腰的七娃。

“我们是来自华国的，我叫七娃，我父亲是华国皇帝。”七娃站起身来，示意手下打开皮袋，拿出来里面的三张虎皮，“这是父皇让我们带给酋长的，希望跟你们交朋友。”

“哦？”石块的眼睛闪过一丝兴趣，他接过虎皮，手指轻轻抚摸着那粗糙的毛发，眼中流露出难以掩饰的喜爱。

随后，七娃向石块简略介绍了华国的风土人情。石块半眯着眼睛，没有多言，只是微微点头，然后示意手下将他们带到一间低矮的木屋中暂作休息。置身于这简陋的住所，七娃感到一阵失望和不满，心中暗自思忖未来的行动。

石块又叫来几个年轻人，让石头把听到看到的事情讲了一遍。听着听着，石块的眼睛逐渐放出光来。

“孩子们听到没有，”石块阴笑着，“咱们要发财了，石头发现宝藏了！那么多的粮食、肉、皮毛，还有女人，很快都要变成我们的了！”

“哈哈……”众人兴奋地大笑起来，摩拳擦掌。

“爸，你想干什么？”石头不安地看着自己的父亲和哥哥们，“你是要攻击他们吗？”

“这还用说吗？”石块愣了一下，看着石头。

石头急切地迈出几步，声音带着哀求：“爸，他们对我很友好，他们想与我们交朋友啊！”

“交朋友，我就说你脑子有问题！”石块怒其不争，斥责道，“你个老爷们儿成天看那些花花草草，摆弄那些个石头，又是写写画画的，你看看你的哥哥们，打猎、打仗都是一把好手，你有什么用？让你出去走走见见世面，没想到还给我这么大的惊喜。那老天给我的礼物我不能不要啊，是不是，孩子们？”

“那当然！”众人纷纷点头。

“这不行啊，爸……”石头的面庞涨红，急切地想要再次争辩，但石块快步走上前，猛地一脚将他踢倒在地。

石块声音冷厉，几乎是吼出来的：“无用的废物！如果我们不先下手，他们迟早会反过来攻击我们。等到他们力量强大了，我们岂不是等死？想和外人交朋友？荒谬！他们的命运只有一个——成为我们的奴隶。否则，就是男人全部死绝，只留女人和孩子为我们做苦工！”

石头吓得大哭起来，抱住了石块的腿，“不能啊，爸，不能啊……”

“废物！废物！”石块恼怒地踢开石头，凶狠地看着他，“再在这里吵，我把你也杀了！”

石块气冲冲地转身坐回到椅子上，忽然又想起了什么，指着石头，“对了，你说的那个圆脑袋方身子的东西，会说话，还能在空中搞出来人和东西的，一定要抢过来！能有大用场，叫什么……小天？”

石头嘤嘤哭泣着，手足无措，不知道该说什么。从小到大，他都不愿意参与征战和杀戮，可是现在他却给华国带来了巨大的灾难。

当七娃第二天踏入大木屋时，他立刻察觉到了一种不同寻常的紧张气氛。屋内已聚集了二十多名持长矛的战士，他们站得密密麻麻，使得狭小的空间显得异常拥挤。

“华国来的人，你愿不愿意当我们的奴隶！”石块目光炯炯有神地射向七娃。

“你说什么？跟外面那些人一样？”七娃十分错愕。

“是的，让你的父皇也给我们当奴隶。”

七娃一听顿时火冒三丈，“你在放屁，我们凭什么给你们当奴隶！”

石块不耐烦地一摆手，众人一拥而上，试图将七娃按倒，七娃自恃身强力壮，掀翻了几个人，还是因寡不敌众被按住了。

三天后，七娃三人被五花大绑押上了一个木头搭成的台子。

台子下黑压压的一片男丁，手里拿着弓箭、长矛等武器，有的还背着鼓鼓囊囊的兽皮袋。

石块拿起一柄石斧，大喝一声，砸在一个华国人头上，只砸得脑浆迸裂。接着又走到另一个瑟瑟发抖的华国人跟前，又是一斧砸碎了对方的脑袋，引发台下一阵欢呼声。

七娃怒骂着，却被用兽皮塞住了嘴，只能发出呜呜的声音，被拖了下去。

“留着你或许还有用，让你多活几天。”石块轻蔑地看了眼七娃，回过头来对着台下振臂一呼，“出发！”

石国大军浩浩荡荡开拔了，两个到过华国的人充当向导，而石头因为死活不愿意带路，被留了下来，差点被石块砍了脑袋。

一个伸手不见五指的深夜，石头来到关押七娃的木屋，趁看守沉睡，打开了屋子，叫醒了七娃，把绳子给解开了。

二人猫腰一路小跑，也没有遇到人，很快到了一处僻静的灌木丛。

“趁现在大军都走了，你快跑吧，七娃，不能让他们杀了你。”石头恳切地对七娃说。

“谢谢你石头！”七娃紧紧地握住了石头的手。

“你去告诉你的父皇，让他们赶紧跑吧，把东西都留下给我们，否则你们都要死的！”

“啊？”七娃张大了嘴，“我们为什么要跑啊？”

“你们打不过的，以前去抢人抢东西，都从来没有输过。这次石国出动了六百多人，能去的都去了，就是要干一票大的呢，大家都想着去多抢点东西和奴隶，拦都拦不住。”

“这……”七娃一脸愕然。

“别多说了，快走吧！”石头急切地说。

逃脱的七娃一路狂奔，星夜兼程，十天后终于穿过了森林，来到了草原。精疲力竭的七娃，在草原上脚步已经慢了很多，风餐露宿又走了一天，遇到了华国巡逻的一人一骑。

来不及多说，七娃骑上马策马飞奔，一天后到了草原县露营地，稍事休整又换上一匹快马，花了两天的时间，终于到达华国都城。

在议事厅门口，七娃勒住缰绳，无力地从马背上跌落下来。周围众人忙把虚弱的七娃抬进去。

刚被抬进屋的七娃见到柏刚，忙大喊：“父皇……父皇，石国的大军来打我们了！”

柏刚见到七娃此状，听闻此言大吃一惊，“他们来多少人？”

“六百……六百人！”七娃被放到了柏刚宽大的座椅上。

“什么时候出发的？”

“二十天前！”

“快叫国师！把大家都叫过来！”

刘远带着小天急匆匆走进议事厅，七娃把情况跟大家大体介绍了一下，便头一歪晕了过去。

“太过分了！”柏刚怒不可遏，望向刘远，“看到没，我们跟他们来好的，他们这样对我们！”

“不说了，咱们商量一下该怎么应对。”刘远忙摆了摆手，“来的人不少，赶紧做准备吧。”

“哼，让他们有来无回！”柏刚砂锅大的拳头狠狠地砸向了桌子。

三天后，一个探子来报，离首都几公里处出现了不明身份的小股人群，因对方人多未敢交战。

显然之前安排在草原县巡逻的人并没有发现石国军队。华北平原实在太大了，两三个人侦察远远做不到滴水不漏。

从柏刚的大屋所在山丘辐射出去大约五百米，已经构建了一条依托河流、两三米宽的环形壕沟，灌进去了水，形成护城河。护城河之外几百米范围内，都是视界开阔地带，树木早就被砍没了，房子也被拆了。

26 卫国战争

经过二十多天的跋涉，石国大军终于来到了华国都城外。六百多人携带的肉干、干粮都吃完了，一路上靠打猎啃食浆果到了这里，石国众人已经准备好在华国饱餐一顿了。

石块手执一柄锋利的长矛，面色一狠，把长矛向前一挥。

数百人嗷嗷叫着，挥舞着手中的武器冲向护城河，先锋不一会儿便来到了开阔地的中央。

刘远站在议事厅前，看着扑过来乌泱泱的人群，胸口起伏着，深吸了一口气，看了看旁边的柏刚。

“这么多人，真过瘾，今天要杀个痛快！”柏刚微微一笑，摸了摸下巴上的白胡子。

刘远无奈地叹息一声，转头望着快要逼近护城河的人群，大喝一声：“放！”

但见护城河内几十米范围内，从屋顶、木屋外出现了三四十个弓箭手，斜向着天空搭弓射箭，箭雨带着风声飞向了天空，又落向了冲锋的人群。

“啊……”“啊……”

冲锋的人群顿时被射倒了十几人。而已经到达护城河边的人不断寻找着窄一点的地段，有的人一跃而过，三三两两继续向内城杀来。

又一片箭雨飞向人群，石国人也有人在护城河边上搭弓射箭，却发现射程太近根本伤不到华国弓箭手。

就这样不一会儿工夫，大批石国士兵挤在护城河边上，有的人被后面涌来的人推了下去，才发现水并不深，有的人涉水爬上对岸，还有的被水里隐藏的木刺给扎穿了，血流如注痛苦哀号着。

终于有人陆续冲到了内城的木屋群边上，却见从木屋里冲出来大批手持长矛、大刀、铁斧的人，将这些三三两两的石国人团团围住。

华国的弓箭手还在不间断地输出着，壕沟前已经躺满了尸体和还在呻吟号叫的人。有的石国人想要回撤，却被石块等人扎了个透心凉。

跨过护城河的人也越来越多，已经有一百多人，与华国士兵缠斗在了一起。石国人的兵刃跟华国比差距太大了，长矛能被华国大刀一刀砍断，而华国的长矛跟石国的比不仅长了一截，还是铁质的。尽管正面对攻的人数相差不大，石国人明显不敌华国士兵，几乎五六个石国士兵才能换得一个华国士兵。

而随着剩余的石国士兵大都已经来到了护城河的边缘，土丘顶上不仅飞来一阵阵箭雨，还从山丘上飞来一大片或大或小的石头，砸得石国人头破血流。

就这么一会儿的工夫，几百人的队伍伤亡过半，让石块肝胆俱裂。他也不明白到底发生了什么，这个对手的强大，是他南征北战中从未遇到的。

石块一咬牙，大喝一声挺着长矛冲了出去。

“看到那个在那儿指手画脚的人没，头上顶着几根羽毛，像个人物似的。”柏刚朝前面努努嘴。

“我看像是他们的酋长石块。”虚弱的七娃也在一旁观望着山下惨烈的战场。

“哼，不自量力！”柏刚轻蔑一笑，翻身上马，接过递过来的两把铁斧。

“箭快用完了，是时候了。”刘远点点头，旁边的小天，看着下面的惨状，不禁说，“人类的厮杀太惨了！”

周边二十余人纷纷上马，手执长矛，腰佩砍刀。

“我也去！”本来虚脱的七娃顿时来了精神，拿起一把砍刀，也翻身上了一匹马。

“嗯！”柏刚赞许地向七娃点了点头，大喝一声，“杀！”

众人一拍马屁股，纵马冲下山坡，扬起一片尘土，嘚嘚的马蹄声向石国大军压过去，气势骇人。

骑兵队冲入敌军人群，掀翻了几个人，马上众人居高临下将长矛扎入敌军胸膛，抽出大刀手起刀落，又是一片腥风血雨。

刘远入神地望着山下，眉头紧锁，却不料突然嗖的一声，旁边一个士兵背上插着一支简陋的箭矢，龇牙咧嘴啊啊叫着，倒在了地上。

又是几支箭射来，刘远和几个士兵慌忙躲避，却见二十多个湿漉漉的石国士兵已经从后山摸上来，冲到了眼前。

“不好！”刘远忙拿起大刀，架开刺过来的一柄长矛。这是从河里游过来的，准备直接斩首华国首领的呀！

刘远与仅剩的十来名士兵慌忙应对着，缠斗在一起。有两个石国人瞅准机会，抬起小天向山坡下奔去。

“刘远，救我，救我！”小天大声呼唤着，笨拙地晃动着“双手”，却不能伤着两人分毫。

刘远回头一看，大吃一惊，奋不顾身怒吼着冲上前去，一刀劈倒一个石国人，小天砰地摔到了地上。而旁边有人一矛刺过来，刘远躲闪不及，堪堪划过脸庞，血流了出来，忙挥刀与对方拼杀起来。

又有十几名华国士兵冲上土丘，一阵厮杀后，瘦小的石国人只剩了三四个，慌忙跑下山坡，跳进了河里，奋力游向对岸。

山坡下，石国军队被柏刚率领的骑兵左冲右突打得溃不成军，剩余的一百多人开始不可遏止地向护城河溃退，争先恐后过河又形成了一轮踩踏。石块怒吼着让人回去，挑了两个人，却仍然无济于事。

柏刚看着不远处挥舞着长矛的石块，握紧了双斧，大喝一声，纵马挥斧如砍瓜切菜一般划开人群，只见血肉横飞，不一会儿便冲到石块面前，一斧势大力沉劈头砍将过去。

石块猛一侧身，回头一矛扎过去扎中马后腿，马一个踉跄突然跪倒在地。柏刚没料到一斧砍空，竟翻落马下，一个翻滚躬下身子，大喝一声回头朝石块扑去。

而石块亦是一声大吼，挺矛向铁塔般的柏刚刺来。两人方一照面，柏刚一斧拨开长矛，直将石块震得虎口发麻，长矛几乎脱手，而柏刚另一柄铁斧已如泰山压顶般劈下，只听一声惨叫，斧头已劈开石块头颅，红的白的喷将出来，溅了一地，人倒在了地上不住抽搐。

柏刚上前再一斧，将石块头颅切下，高举过头，声如洪钟大喝："你们酋长死了！投降的不杀！"

石国众人回头一看，更加溃不成军，大部分人当场扔下武器，跪地求饶，还有几十人想要跑进森林，有的被抛掷过来的长矛扎中，有的被追上的华国骑兵砍倒，只有十几人逃进了树林。

山丘上，小天看着刘远脸上皮开肉绽的伤口，胸前的蓝光闪烁着。"刘远，你受伤了，赶快包扎一下，还需要消毒。"

听到小天极尽温柔的女声，正擦拭伤口的刘远忽而产生错觉，以为是一个温柔的美女在跟自己说话，心头一热，抬头一看，却是小天椭圆形的脑袋。

"没事的，没什么大碍。"刘远微笑着对小天说。

护城河里水已经被鲜血染红，两岸横七竖八铺满了几百具尸体。一旁，是抱头跪在地上的一百多俘虏。而华国仅死伤了二十多人。

这让初逢大战的李白震惊不已。双方的力量完全不在一个层次上，这根本就是屠杀啊！科技爆发出来的力量让李白坚定了向刘远和小天学习的决心。

根据俘虏的供述，石国几乎全部的武装力量已经在这里了。在本部剩下的，多是妇孺老幼。俘虏中有很多是奴隶，并不愿意当炮灰参加战斗，回去以后还是要被迫劳动，所以到后来会有很多人不顾一切地逃跑。投降的绝大部分也是这些人。

刘远计划教育教育他们，让他们归顺华国。而为了清除潜在的威胁，两天之后，柏刚率三百多人的华国主力，携带粮草等辎重，开始南征。

也就十多天时间，华国军队就到达了石国。石国人已经从败退回来的人那里得知了全军覆没的消息，一些石块的亲朋贵族预感到将要大祸临头，收拾细软连夜跑路了。大部分人因为知道离开这片土地没法儿生存，或者本身就很麻木，并没有逃。

当服装整齐、装备精良的华国军队出现的时候，立马在石国引起了恐慌。按照刘远的嘱咐，七娃派出一批人开展宣传工作，告诉大家华国军队不仅不会伤害他们，还会把田地分给他们。而一直被歧视的石头，也认识到华国人的厉害和仁义，号召族人不要再做无谓的抵抗。

零星的反抗很快化为乌有，石姓王朝土崩瓦解。一些霸占土地的石姓贵族被绑来砍了，石国的局面基本稳定。

后续赶来的刘远和李白，在石头的帮助下开展土地改革，实行家庭联产承包责任制，很多奴隶都分到了土地，奴隶们从一开始的恐惧怀疑到将信将疑，再到全力拥戴、欢欣鼓舞。

两个月后，土地革命完成，刘远宣布在此地成立华国河南自治县，由石头暂任县长。

刘远回华国的时候，带上了那十二个方头方脑、石国用来犁地的机器人。小天与他们的电脑连接以后，发现这是一款老旧的清洁机器人，功能有限，但比较皮实，得以保存到现在。似乎也没什么大用。

27 外星人

海边，一轮橙色朝阳正从海平面缓缓升起，海鸥在海天之间游弋，偶尔扑向水面，抓起一条小鱼。

滨海县的渔港，停泊着几十艘大大小小的木质渔船。最大的足有十几米长，有船舱、桅杆和风帆。小的也就两三米，一叶扁舟，能坐两个人。

远处的海滩上，依然有数不清的海象，还在出海口吃着鲜鱼自助餐。刘远告诉滨海县的人，要注意环保，规定了捕杀海象的数量。不要把它们搞灭绝了，让它们正常繁衍，为华国提供源源不断的油脂、皮毛和肉。

阳光下，一艘艘渔船陆续开拔，驶向大海，向着不同的方向行进。小的渔船开出去一小段离岸不远也就停下了，开始张网或者支起钓竿钓鱼。

而最大的那艘，则继续雄赳赳往深海划去。船头出现一群海豚，在飞快地巡游着，似乎在引领着渔船前进，有的跳出海面，像一支箭一样又扎进水里，激起一片水花。

船上奋力划桨的几人乐呵呵地看着海豚，已经见怪不怪了。海豚跟着嬉戏了一会儿，逐渐散去了。渔船在海中间停了下来，众人撒下一片谷物，很快就有不知死活的鱼群围拢过来，密密麻麻地挤得渔船周边的海面水泄不通。

一网下去，众人奋力收网，欢蹦乱跳的鱼儿被倒进船舱，里面还夹扎着一条半米长的八脚章鱼，扭来扭去的，让大家喜笑颜开。收完三网以后，鱼群已经稀疏了，众人又继续划船向前，到达一处停船后，又开始撒饵料，吸引过来一大群五颜六色、大小不一的鱼。

正当大家准备撒网时，却不料鱼群突然像炸了窝一样四散而走，让拿着网的众人面面相觑。

大家能够感受到渔船开始微微震动，放眼望去，海平面尽头，一个黑点从海上快速移动过来。

黑点轮廓逐渐变大，变清晰，俨然是一个海上的庞然大物，让众人惊恐不已。

这并不是小天放的影像当中大船的形象，好似一个四方形封闭的大平台，硬生生劈开海面，向这边破浪而来。

渔船上众人已经被惊呆了，拿起手中的桨想要往回划，可相比于平台的速度，渔船几乎是静止的。

平台离渔船已经只剩不到一公里，上面闪烁的灯以及黑色光滑的表面清晰可见，渔船在它面前像大象面前的蚂蚁一样。还没等众人明白过来，平台从渔船旁疾驰而过，掀起的巨浪瞬间将渔船抛向了高高的浪尖，又甩了下来。渔船被掀了个底朝天，在波浪中上下起伏，船上众人顿时全掉进了水里，在巨浪中挣扎。

而平台则不管不顾继续前行，很快就消失在海平面上。

滔天的巨浪将几个人砸晕了过去，沉入了水底。而一个人手忙脚乱终于攀住了两根船桨，勉强稳住了阵脚。

海面终于平静下来，除了这个幸运儿，其他人全都不见了。

仅剩的渔民游向了倒覆的渔船，看着一望无际的大海，不由得呜呜哭了起来。

海岸边，一连串的大浪拍来，让港内仅剩的几艘小渔船激烈摇晃起来。浪甚至扑向了岸上晾晒的渔网和鱼干，让岸边的人们惊慌失措地往上跑，还是有几人被浪给扑倒了，卷进了海里。

未几时，浪就停了，好像什么都没发生过。泡在海里和站在岸上的渔民不知所措。

几小时后，大船幸存的渔民被两个人架着从渔船上下来，因为脱水嘴唇发乌，腿都站不直了。

他是幸运的，能够挣扎着游向岸边，遇到了其他的渔船。听了幸存者颠三倒四的叙述，十三娃大体明白了是一个巨大的海上怪物掀翻了他们的渔船，淹死了六个人。

以十三娃的认知，根本不知道这是发生了什么，但是显然这是非常重大的事项。按照刘远所说的，县长是要把这件事上报的。

于是忐忑不安的十三娃，决定亲自带上幸存者柏五十，去向柏刚汇报。

三匹骏马飞驰在草原上，十三娃、柏五十还有一名随从纵马驰骋，以最快的速度向华国首都赶去。

从草原进入森林，三人三马奔驰在狭窄的小径上，路边偶有小块空地，支着木屋，住着几个人，屋外晾晒着兽皮、肉干等物。

不知不觉间，一个旋转的圆盘嗡嗡地响着贴近三人，靠近柏五十时，周边伸出了锯齿，划过柏五十的脖子，在脖子上留下一条血线。

柏五十猝不及防，从奔跑的马上栽倒下来，嘭地掉在地上，捂着喷血的脖子不住挣扎着。

十三娃和随从连忙拉住马，回头一看，但见一个带着锯齿的圆盘旋转着飞了过来，又划过随从的脖子，扑向十三娃！

十三娃忙操起马背上的大铁锤猛地一挥，正中圆盘，只打得火花四溅，圆盘掉落在地上，扁了一大块，再也不动了。

而随从也从马上掉落下来，脖子上鲜血狂喷，抽搐了几下，不一会儿就不能动了。

十三娃惊愕不已，赶紧翻身下马，小心翼翼地走近圆盘，仔细察看起来。

圆盘直径也就二十多厘米，这种精细的工艺是他从来没有见过的，只是这一铁锤下去，好像也彻底坏了。

整理了下思绪，十三娃赶紧用树叶草草掩埋了两人，把圆盘装进皮袋里，马不停蹄赶紧赶往首都报信。

当十三娃气喘吁吁地跑进议事厅时，高大宽敞的议事厅里面已经聚集了华国的所有重要人物。柏刚坐在正中间的虎皮椅上眉头紧皱，众人神色凝重，正在商议着什么。地上躺着两具尸体，脖子上都有划痕和血迹。

“父皇！”进得屋来，十三娃一声大喊，又看了看地上躺着的两人，“父皇，我有大事要跟你们说，滨海县出怪事了！”

“什么？你们那儿也出事了？！”柏刚的眉头快要拧出水来了。而刘远则双眉紧蹙，看了看旁边正在查看尸体的小天。

原来，最近几天在森林中出现了几起人员离奇死亡的事件，都是被什么东西给抹了脖子死的。

这显然不是动物所为，也不应该是华国人干的，可是没有人见过伤人的这种东西。众人分析了半天也不明所以，面面相觑之时，十三娃掏出了皮包里的圆盘。

“是这个？”刘远接过十三娃手里的圆盘，端详起来，“是什么东西拿着它伤人的？”

“没什么东西拿着它，它自己飞的，转着圈，抹过人的脖子。”十三娃做了一个抹脖子的动作。

小天滑了过来，用胳膊上的钳子拿过去端详着，“这是一种我没见过的物质造的飞行器，比地球上所有的金属都要轻”。

“什么?！”刘远不可思议地瞪大了眼睛。

“现在怎么可能有这样的东西?”柏刚也一脸难以置信。

“对了，我们有人在海上见了一个巨大的方块，把我们的渔船都掀翻了！”

“什么?巨大的方块?见过的那个人呢?”刘远赶紧追问。

“路上被这个圆盘杀死了。”十三娃无奈地摇摇头。

“这是怎么回事?”刘远皱着眉头看向小天。

小天胸前的方块闪烁着蓝光，“以我的知识，我也不知道这是什么，我的知识体系里没有这样的东西，但这肯定是一种高级的文明”。

“这是外星人?！”柏刚一脸惊诧。

“有可能吧，他们想干什么?为什么要杀我们的人……”刘远再次转向小天。而正在此时，一个少年跌跌撞撞地冲进屋里，扑通一声倒在地上，对着众人哭喊起来：“人没人……全没了……怪物啊……”

众人急忙扶起了少年，少年抽泣着断断续续说出了原委。

三天前，草原县的人们照例出去狩猎，浩浩荡荡满载而归回到露营地。但是未及从马背上卸下猎物，只见天空中突然嗡嗡地飞过来几十个圆盘，还未等众人反应过来，几个人已经被圆盘划过脖子，从马背上跌落下来。

剩下的不管在马上还是地上的人顿时四散奔逃，而圆盘并未放过众人，一个接一个划过人的脖子，不一会儿就放倒了一片。几个大一些的圆盘甚至喷出大网，将几个小孩罩在网内，拖到了天空，扬长而去。

终于有几个壮汉反应过来，抡起了手中的铁锤长矛，砸下来几个飞盘，有的搭弓射箭，锋利的铁箭头携着动能撞得飞盘歪到一边，有的掉了下来。

但是更多的人被飞盘割喉，倒在了地上。

“快跑，快去告诉皇上！”壮硕的草原县县长指着几个少年吼道。

三个马上的少年赶紧掉转马头，向森林疾驰而去，而几个飞盘离开人群，向少年们飞过来，随着两个少年的落马，终于有一人一马飞驰着冲进了茂密的丛林。

少年回头看去，透过树林的缝隙，露营地上还有几十人在奋力战斗着，几十个飞盘忽上忽下，时而有人惨叫着倒地，或是飞盘被砸落下来。

痛苦述说的少年依然在抽泣着，而屋里的其他人却陷入了死寂。

28 生死抉择

柏刚背着手在议事厅里焦躁不安地走来走去，眉头皱成了一个包，一会儿看看十三娃，一会儿看看刘远。而刘远亦双眉紧锁，苦苦思索。

“小天，你说说，”柏刚怒气冲冲地指着地上的圆盘，“这些东西是要置我们于死地吗？啊？”

“这个嘛……”小天胸前的蓝光闪烁了几下，“目前还不能判断清楚，我们还需要收集更多的情报。”

“这不是明摆着吗？”柏刚怒火中烧，大声吼道，“杀我们的人，不管它想干什么，都要血债血偿。咱们召集人马，杀他个片甲不留！”

说罢柏刚就要冲出去召集队伍，被刘远一把拦住，“柏刚！你先冷静冷静，咱好好商量一下！”

“冷静个啥？这都骑到咱们脖子上了！”柏刚一把推开刘远的胳膊，“老子来这里几十年，只有我欺负别人的，哪有别人欺负我的？从来没受过这个气！”

“是啊，父皇！”七娃站了出来，怒目圆睁，“敢杀我们的人，还能让他们活得了？”

“我也很气愤，可是这些东西没有那么简单，现在情况都不清楚，如果打不过的话，你是让大家白白去送死吗？”刘远拦住了柏刚，“我不是说不打，只是咱们要多分析，采取多种办法。”

“那你说说你的高见。”柏刚气势稍平，也想听听刘远的说法。毕竟过去几年间，他出的不少主意都让华国发展得更好了，也让华国在与石国的大战中大获全胜。

“这样，我们先来设想一下，跟这些玩意儿能不能和平共存，说不定是场误会呢？这么大的事，要把所有可能性都想到，最好是不要动刀兵。”刘远努力沉住气。

“又是和平共处。误会？”柏刚眯了眯眼，又看了看小天，“小天，你说说这到底是什么玩意儿，想干什么？”

“我刚才说了，还需要收集更多的情报。”小天身上的蓝光闪了闪，“从目前的情况分析，这是一种高端的文明，恐怕并不好对付，如果和它们为敌，很有可能会被杀掉。”

“对了，父皇，国师，”十三娃眉头紧皱，上前一步，“你说我们的人看到的大方块，跟这些圆盘是不是一伙的啊？”

“这个说不好，只是现在看到方块的人已经死了，我们根本不知道那个方块是个什么，会不会攻击我们啊。”刘远忧虑地摇摇头，“小天，你也想想，我们该怎么办。”

“我觉得，不管怎么样，我们也要做好各种各样的准备，比如说，我们可以暂时躲到山洞里，等到把情况摸清楚再说。”小天的声音仍然是温柔的女声。

“嗯，先躲起来避其锋芒倒也是权宜之计。”刘远若有所思地点了点头。

“躲？！”柏刚一听勃然大怒，怒吼着拍打着桌子，“我在这里待了五十年了，躲？这里是我的地盘，躲到哪里去？！被十三娃和草原县打掉的那十几个玩意儿，说明它们也不是无敌的，这有什么好怕的？石国人打我们，还不是全军覆没，我倒想要会会它们！”

“柏刚，你别一说话就激动，我们不能意气用事，咱们这不是在商量办法吗？”刘远摆摆手，赶紧按住火苗乱窜的柏刚，忧心忡忡，“你让我好好想想，咱们华国这次怕是到了生死存亡的关口，一着不慎，就有可能亡国灭种啊！”

“这……”柏刚的气势又弱了下去，“阿远你别说这种丧气话，长别人威风，咱们这么年的积累，实力也不弱啊！”

“嗯……”刘远沉思半晌，“柏刚，现在看来，这些飞盘肯定是不怀好意，我们现在最大的问题，是要防着它们直接飞到这里来啊，万一来了，我们也得有个应对！”

“对对对！对啊，不能轻易让人把老巢端了！”柏刚一拍脑袋，“这样，十七娃，你安排几个人在咱们四周警戒，发现情况以锣声为号！”

“好的，父皇！”一条大汉领命离去。

“还有……情报必须要收集清楚，”刘远皱着眉头向前几步，“七娃，你带几个得力的手下，去草原县看看到底怎么回事，如果可以的话，带回来几个飞盘咱们再看看。”

“嗯……”柏刚长呼了口气，看了看七娃，用力拍了拍他的肩膀，“你先去看看，注意安全，快去快回！”

“好的，父皇！”七娃转身离去。

“皇上、国师，”中等个头，身材精干的工部部长李白向前一步，抱拳道，“我觉得，不管我们是战是和，都需要把武器做好准备。从十三皇子和草原县报告的情况，这个飞盘都是奔脖子去的，可以给大家打造一些铁脖套，先把脖子保护住。”

“嗯……”刘远点点头，“很有想法。工欲善其事，必先利其器。回头你赶紧去办，把那些个锅碗瓢盆都熔化了，做成脖套。”

“好的，国师！”李白又看了看柏刚，“如果我们真的要跟外星人打的话，那现在就要再多准备点兵器了，现在看，铁斧、弓箭和长矛都能击杀圆盘。”

“你说得对，李白。”柏刚拍了拍李白的肩膀，“我这个工部部长没选错人，咱们的兵器锋利了许多，叫你的人再多打造些弓箭、铁斧、长矛，让它们尝尝我们的厉害！”

“全造出来，咱日子先不过了，过了这一关再说！”刘远一咬牙，看了看李白。

“遵命！”

“另外，我们要做好决战的准备，只能集中力量给敌人致命一击！”刘远的目光坚定起来，“十三娃，叫人把海洋县的青壮全部召回来，集中力量干他。”

“父亲，国师，”十三娃双目炯炯有神，“我自己回去把他们带回来，我熟悉情况！”

“好！”柏刚重重一拍十三娃的肩膀，“快去快回！”

“记住从林子钻，不要让圆盘发现了！如果遇到了，飞盘在林子里也施展不开。”刘远嘱咐道。

“知道了，国师！我这就去！”十三娃转身离去，不一会儿屋外传来几声马嘶，和一阵马蹄声。

“咱哥俩要准备一场大战了！”刘远知道，如果开打，这就是一场关乎华国生死存亡的决战。尽管对方的真实实力现在还是不了解，但柏刚和华国人在这五十年间，从来没有遇到过真正的敌手，又怎会愿意服软呢？

“干他！”柏刚看着屋外，轻蔑一笑。

“柏刚，你有没有想过……嗯……”刘远皱了皱眉，欲言又止。

“你跟我吞吞吐吐的干个啥？有话快说！”柏刚不满地看了看刘远。

“如果……我是说如果我们俩在这次大战中都死了，华国怎么办，你有没有想过接班人的事？”

“阿远你有时候就是婆婆妈妈的，咱们现在要做的，就是痛痛快快地跟那群王八蛋干一仗！”

“嗯……倒也是。”

五个拿着铁斧、长矛的壮汉小心翼翼地走出森林的边缘，悄无声息地摸向了远处的帐篷区。

面前的一幕把他们都惊呆了。地上横七竖八都是大人小孩的尸体，脖子上无一例外是一道划痕。还有几匹马在低头吃草，并未离去。

血迹早已经凝固了，空气中都是尸体的恶臭味，苍蝇到处乱窜，让人不禁呕吐起来。

一人发现了父亲和母亲的尸体，不禁跪在地上哭了起来。还有一人的老婆孩子也都在这场灾难中丧生了，他抱着妻子已经发臭的躯体号啕大哭不能自已。

带头的七娃记起刘远的嘱咐，深知此地不宜久留，在四周匆匆看了一遍，捡了两个被砸坏的飞盘，让众人赶紧离开了露营地，躲进了丛林。

“这真的是要置我们于死地啊！”偌大的议事厅内，坐在一旁的刘远摇了摇头，看了看归来的七娃小分队。

“可以判断，这是一种侵略性很强的文明。”小天的声音依然温柔知性。

“狗屁文明！”柏刚怒由心生，从虎皮椅上跳将下来，狠狠踢飞了地上的几个圆盘，目光炯炯转向刘远，“怎么着，国师，还有什么好犹豫的？”

刘远深深吸了一口气，看到了议事厅中众人眼中的怒气，“咱们按计划行事吧！”

柏刚怒目圆睁环顾四周，振臂一呼：“明天出发！神挡杀神！”

刘远也清楚，对方一言不发将草原县一百多口屠戮殆尽，不管它是出于什么动机，如果不拼死一战，就很可能面临全体覆灭的结局。

十三娃率领滨海县的青壮从丛林小路回来了，所有滨海县剩余的妇孺老弱也退回了森林。情况紧急，河南自治县的人，已经派人告知这外来的威胁，也只能让他们自求多福了。

侦察队收集情报的这十来天时间里，大家做了紧锣密鼓的准备和操练。各种战术演练在反复进行，武器、粮草等辎重都在准备着。为了防止大家被抹脖子，李白很快设计出了一个可拆卸的铁脖套，工部的工匠不分昼夜地把所有的锅碗瓢盆都熔化了，赶制了二百多个铁质脖套。

如果华国人战败，刘远告诉留守的妇孺老弱，到时候化整为零在森林中躲藏起来，看能不能有人逃过一死，留下火种。

29 外星人算什么

深夜的议事厅灯火通明，柏刚、刘远和一众将领围在桌上的麻布前，皱着眉头商讨着。

麻布上是一幅简陋的地图，用线条和文字标明着森林、草原、河流。刘远和柏刚用一根小棍在地图上指指点点，七娃、十三娃、六娃和李白等人时而纷纷点头，抑或插上一句话。小天被问到话时，胸前的蓝光也会闪烁起来，回答几句。

几个圆盘摆在桌上，众人时而摩挲着圆盘，时而端详。李白的手始终没有离开过圆盘，而刘远指点得最多的，是森林和草原交界的边缘，也就是草原县帐篷区驻地。

一直到了凌晨，各项事宜才安排妥当。

柏刚面色肃然看着众人，“告诉弟兄们，谁也不许再提逃命的事！我这几天听到还有人觉得打不过想逃的，有人还想讲和的，不许再有这种声音！”

“既然决定要战，就没有退路了。”刘远凛然道。

“明白！”众人朗声回应，纷纷退去。

第二天早晨，是一个大晴天。

柏刚龙行虎步走向屋外，众人紧随其后，而刘远眉头紧锁，忧心忡忡地看了看小天，也赶紧跟了上去。

屋外的广场上，已经乌泱泱站立着三百多名全副武装的青壮。这支华国军队，有铁斧兵、长矛兵和弓箭兵各一百余人，有的戴着铁质的脖套，有的用兽皮围住了脖子。

“弟兄们，同胞们！”站在广场前的高地上，柏刚挥舞着双臂咆哮着，“我这辈子，最开心、最自豪的，是跟各位在一起，创建我们的华国，在我们的共同努力下，有了这片疆土，让大家有了好的生活。

“可是我们的好日子才开始没多久，这些不知道从哪里来的怪物，不分青红皂白，杀死了我们的兄弟姐妹们，要让我们在这里活不下去了，你们说，我们能答应吗？！”

“不能！”“不能！”台下众人举起武器，怒吼着。

柏刚指着广场周围大片的妇孺老弱，大声喊道：“这些混账要伤害我们的老婆孩子，还有你们的父母亲朋，你们能答应吗？”

“不答应！不答应！”

“到底谁是这里的主人？！”柏刚挥舞着手臂吼着。

“我们！我们！”

“很好！我华国的好儿郎！拿起你们手里的武器，跟我走，去干掉这帮畜生！”

“吼！吼！吼！”

震耳欲聋的呼喝声中，柏刚、刘远等一众将领翻身上马，二三十匹马打头，三百多人的步兵居中，几辆辎重马车殿后，正式开拔。

数百华国男女老幼聚集在小道两旁，注视着浩浩荡荡的队伍，弯腰深深地鞠躬。

队伍雄赳赳气昂昂向草原县的方向开去，一路扬起一片尘土。

阴沉的天空下，草原县露营地上一片狼藉，尸体大多已经腐烂了，有的已经被野兽啃成了白骨，还有一群秃鹫在啃食着腐肉。

一众华国人将秃鹫驱赶走，眼前的惨状让柏刚和刘远不忍直视。

“这帮畜生！”柏刚牙咬得咔咔响，狠狠跺了跺脚，“把他们好生掩埋了。”

“真他妈不是人……”刘远惊呆了，他从没见过这样的人间炼狱，也不由得怒火中烧。他苦心经营的草原县已经彻底没了，这里面还有很多熟识的人，平白无故变成了一堆白骨。那造孽的东西，一定要让它们付出代价！

草原县人的遗体都被摆进一个大坑掩埋了，偌大的坟包前，众人垂着头，默默无语，脸上俱是怒容，整个场面很是压抑，只有偶尔响起的几声马嘶。

哐哐哐哐……远方响起了一阵急促的锣声，柏刚回头一望，一咬牙，“干！”

众人翻身上马，急速向森林方向退去。

草原的上空，几十个圆盘旋转着向骑马的众人飞来。从远处看去，那些圆盘在太阳的照耀下，散发出冷冽的光芒，伴随着低沉而恐怖的嗡嗡声，由远及近而来。

十几个方头方脑、油漆斑驳的清洁机器人逆着骑兵队缓缓从丛林中走出，向草原开去。

“准备！”刘远大喝一声，与众人纵马隐入丛林，而圆盘亦快速逼近，从天空中俯冲下来。

刘远勒住缰绳，策马回头走近丛林边缘，一声喊：“放！”

一排五十名弓箭手整齐排在丛林边缘，搭弓射箭，嗖嗖的一阵箭雨射出，顿时有几个圆盘被箭矢撞到偏离了航向，有两个被射了个正着，掉到了地上，原地转着圈，飞不动了。

几十个圆盘围住了清洁机器人，在上面切来切去，有的锯齿被机器人切掉了，有的切开了机器人薄弱的侧面，电线漏了出来，机器人刺刺响着闪着电光在那里打转。

“再放！”后排又有五十名弓箭手箭雨射出，又射落三个圆盘。先前射箭的人已经重新拿出箭矢，准备再射出一批。

除了几个还在绕着机器人转的圆盘，几十个圆盘瞬间已经来到了眼前，直奔弓箭手脖颈而去，在弓箭手脖子的铁套上迸出一阵火花，并不能伤到弓箭手。

而圆盘似乎也明白了铁套的作用，直接开始切割弓箭手的脸部、胸口和肚子，顿时血肉横飞、惨叫连连，二十多名弓箭手瞬间被放倒，有的半边脸没了，有的肚子被划开，肠子流了一地。

众人纷纷往丛林深处撤退，一路上不少人被追上放倒在地，用最后的力气，挥舞着手中的弓与圆盘做最后的搏斗。

行至林中一片空旷地，突然一张大网从天而降，将几十个圆盘笼罩其中，拽到了地上，一大群手持长矛的和斧头的人从四面八方呐喊着杀将过来，扑向地上的圆盘。

几个圆盘继续旋转着，用锯齿割开了网兜飞了出来，被蜂拥的人群用长矛和斧头一顿猛砸猛戳，变了形状，颤抖着飞不起来了。

而剩余的几十个圆盘仍在空中盘旋着，不断瞅准时机切割人的身体。将士们呐喊着，挥舞着长矛和铁斧，不断将逼近身体的圆盘砸下。战斗瞬间进入白热化，身强力壮的六娃冲锋在前，用手中的长矛不断拨弄着空中的圆盘。一个圆盘快速向一个手拿弓箭的年轻人飞去，六娃大喝一声猛地一戳，把圆盘击落在地，却不料身后又一个圆盘向他飞来。

柏刚大吼一声，冲上前去，用偌大的铁斧一斧劈掉一个迎面飞来的圆盘，一边躲闪着，一边挥舞着铁斧。

一时间，丛林里枝叶乱飞，杀声震天，不时有箭矢乱窜，一个个圆盘被敲落在地，又被狠狠补上几斧。

倒在地上的人也越来越多，到处都是血迹和人的残肢断臂，以及呻吟着还没有断气的战士。

还在飞着的圆盘越来越少。“呔！”柏刚猛一转身，再次劈下一个圆盘，剩余的最后两个见势不妙，转头往丛林外飞去，众人或走或骑，急速追赶，终于有一个圆盘冒着箭雨飞出了丛林，向远方飞去。

众人追出丛林，眼望着逃走的圆盘，士气大振，迸发出一阵吼声：“吼！吼！吼！”

小天从马车中探出头来，看着这狼藉的一地。大黄也下了马车，奔向刘远。而刘远在混战中，左躲右闪，被一个圆盘割伤胳膊，幸无大碍。

但是这一地的死伤，又是一番惨状，不禁让刘远不住喟叹。

尽管几乎全歼了所有圆盘，但是华国军队经此一役竟伤亡近半。当精疲力竭的众人从胜利的喜悦中回过神来，看着满目疮痍的战场，眼神开始变得空洞。躺在地上还能动的人呻吟着，向众人伸出了手，大家这才赶紧扶起伤员开始包扎。而躺在地上的大部分人，已经再也站不起来了，有的人手里依然牢牢地握着弓、矛、斧等兵器。

还有三个清洁机器人，在继续往前走，剩下的九个，要不被割开动不来了，要么出现故障在那里打转。

憨直粗壮的六娃，浑身是血，躺在了人堆中，怒目圆睁，再也不能动了。柏刚蹲在六娃跟前，用手轻轻地闭上了他的眼睛。“唉……我们赢了，但代价太大了。”他低声说道，声音中充满了悲伤和疲惫。

刘远深深地叹了口气。就这么短短的一个多小时，这支苦心经营数年、可以横扫地球的军队，就被打残了。柏刚一时间怒火中烧，站起身来踩向地上的一个圆盘，狠狠踩了几脚。

而远处，隐约又出现了隆隆的声音，众人站起身来，缓缓走出丛林，望向天空。

声音越来越近，只见远处的天空一个偌大的黑色物体拨开云雾，逐渐露出了轮廓。却是一个巨大的方块，离得很远也判断不清大小。

方块缓缓悬停在了空中，似乎并不急着做什么。而丛林边上的众人，目瞪口呆地看着天空，心顿时提到了嗓子眼。

过了许久，就在众人面面相觑之时，方块的下方出现了一个小口，从里面绵延不断地飞出了一串黑点，不多时聚集形成了一片黑云，向众人袭来。

黑云迅速逼近，原来是无数的圆盘，乍看过去，遮天蔽日，足有上万个。

“这……”柏刚嘴唇颤抖着，眼神有些无助地看向旁边的刘远。刘远的嘴也张得合不拢了，不知所措。

“我呸！”突然，柏刚断喝一声，咬了咬牙，眼神一狠，右手操起石斧，跳将起来，大吼着冲向圆盘群，“外星人！我！去！你！妈！的！”

几个壮汉也怒吼着紧随柏刚冲了出去，刘远还没回过神来，想要阻挡却没来得及。剩下的人也有想往外冲的，被刘远给赶紧拦住了。

两个冲锋中的弓箭手搭弓射箭向远处射出两箭，箭矢却消失在黑云中。

俯冲而下的圆盘群瞬间将柏刚等人淹没了，几声怒吼和惨叫过后，一瞬间几个人都倒在了血泊之中。

“柏刚！”刘远怒目圆睁，悲愤交加，眼泪夺眶而出。

“皇上！”又有几人大叫着冲了出去，瞬间被圆盘割倒在地，血肉横飞。

看着蜂拥而来的圆盘群，刘远满面通红，目眦尽裂，大吼一声：“啊！”拿起一柄长矛就要冲上前去搏命，却突然感觉头痛欲裂，栽倒在地上打着滚痛苦地号叫着。

面对汹涌而来的圆盘，大黄蹒跚着跑到刘远身前，汪汪几声吠叫，纵身一跃，咬住一个圆盘，却被周围的圆盘割开了身体，惨叫着倒在了血泊中。

一众人慌忙扭头跑向丛林深处，两个试图拖走刘远的人瞬间被圆盘群割倒在地。一大群圆盘将三人一狗围住，旋转的锯齿向他们的身体飞去。

30 爆发

大战前一夜，月朗星稀，刘远像往常一样，坐在山坡上，一边是小天，一边是垂垂老矣的大黄。

“小天，咱们坐在这里看月亮，一晃也十年了吧。”刘远幽幽地说。

“是啊，时间过得真快啊。”小天依旧用温柔的女声回答着。

“你觉得，今晚我们坐在这里，会是最后一次吗？”刘远回过头，定定地看着小天，“那些圆盘从哪里来的，有没有外星人在后面操控，我们什么都不知道，也不知道这一去，还能不能活着回来。”

“我真心希望，这不是最后一次，也希望所有人都能平安回来。”小天并没有正面回答，用她的大脑和数据库，也无法分析出对面文明的情况。

“还没等我们造出时空穿梭机，就遇到了这帮子天杀的外星人。”刘远垂下了头，“这辈子，怕是见不到莉莉和萌萌了。”

“不要这么悲观，我们还有胜算的。”

“你真的这么想吗？”刘远苦笑了一声，“柏刚这个人我太了解了，八十多岁了，还是四肢发达、头脑简单，就凭我们这点实力，能跟造得出来那些个圆盘的生物掰手腕吗？”

“这……”小天沉默半晌，“你是觉得没有希望赢了吗？”

“此去肯定是九死一生，可是也没有别的办法啊，这些东西迟早会找到我们，杀光我们的，只能死马当活马医了。华国这些人哪，懂得太少，脑子还是太简单了，怕是要几代人，才能改变过来……”

“刘远，”小天转过“头”，胸前的方块闪着蓝光，“既然你这么想，那我们可以冒险试一下。”

“嗯？”刘远转过头，不解地问，“试什么？你有什么好主意？”

“我们这个版本的机器人在研制的时候，放入了一个测试版的功能，就是能跟人的大脑连接。”

“哦？有这事？原来咱们中国这项技术已经开始实验了？”刘远的惊诧之情溢于言表，“那……也就是你能把你的知识都给到我？”

“对的，你也能把你的信息给到我。”

“那你为啥不早说？”

“因为这个功能还只是在测试阶段，我还从来没有用过，对人的大脑可能会有损伤。人脑与机器的连接当时已经研究几十年了，其实关键的技术已经突破了，但是这些信息属于限制输出的内容，我不能轻易告诉别人。因为病毒已经对人类造成了很大的损失了，科学家们为了防止知识在人类间失传，尽管技术还不成熟，还是给我们这代机器人增加了这个功能。我的指令告诉我，如果不是人类已经面临很大的危机，需要搏一把，就不要说出来，或者是使用这项功能，因为会面临风险。”

“那会对人的大脑造成什么伤害呢？”

“之前用猴子实验，有一半的猴子脑出血死了。”小天回过头，看着前方一望无际的丛林，“有几个科学家自告奋勇用自己做实验，接上以后头特别痛，一个月以后也死了。”

“哦……”刘远陷入深思，“如果……如果你这么先进的机器人都不能想出办法来，那我又能怎么样呢？”

“人的大脑比我们想象的要复杂得多，潜力根本没有开发出来。在

2060年时，科学家们计算过了，要把一个五十岁的人大脑当中储存的信息都存在机器上，存储量是地球上所有计算机存储容量的总和。所以，其实人工智能在很大方面还是比不上人脑。”

“嗯……你的意思是，靠我和你，还有希望啰？”

“可以这么说。”小天温柔地说。

刘远慢慢站起身来，面沉如水望着远方，深深地思索着，许久没有说话，而小天和大黄也都默默地陪着。

“我这一辈子啊……”刘远长出一口气，缓缓开口说话了，“也不知道造了什么孽，颠沛流离，经常连自己在哪里都不知道。

“我经常在夜深人静的时候想啊，承受了这么多磨难，我追求的究竟是什么？活着的意义又在哪里呢？我又到底能做些什么呢？

“也许那个所谓的外星文明，觉得我们这些人就是地上的蚂蚁一样，死活根本无所谓，可是我们每一个人都是有亲人，也有人关心的啊。这种情感，它们恐怕永远也理解不了。

“莉莉和萌萌我这辈子恐怕再也见不到了，亏欠她们娘俩的，只能下辈子再还了。萌萌曾经问我，英雄是什么，我告诉她，真正的英雄是愿意为了大众的幸福牺牲自己的人。她问我爸爸是不是英雄，我说爸爸不是。我以前做的事，为了一己私利毁了她们的幸福，我哪一点够得上英雄啊？我连一个最普通的丈夫、父亲该做的都没有做到啊！

“现在，柏刚和华国这一千多人的生死，几天之后就将揭晓。作为他们的国师，我这条命若能用来做些有意义的事情，冒一点风险又算什么呢？总比在某个遗忘的角落默默无闻地死去要好得多。

“来吧，小天！”刘远目光炯炯望向小天，蹲在了地上。大黄似乎也看出来刘远做出了什么重大决定，轻轻地汪汪两声，把脑袋往他身上蹭了蹭。

“刘远，你想好了吗？”

“想好了。”刘远重重地点了点头。

“那我开始了。”

皎洁的月光下，小天缓缓抬起她的机械臂，末端伸出一根银色的细线。这根细线慢慢地伸向刘远，轻柔地没入他的太阳穴，一切都那么平静，未见一丝血痕。

战场上，大黄在血泊中痛苦挣扎，嘴里吐出一团团鲜血，望着刘远的眼神中满是不舍与深情。

刘远头痛欲裂，仍然在地面上挣扎着。他注视着痛苦抽搐的大黄，突然用尽全身力气，猛地仰头发出一声震天怒吼：

“啊——”

这声巨吼如雷霆破空，方圆数米内的圆盘震动不已，扭曲变形，伴随火花坠落在地面上。

刘远努力站起身来，目光如炬，再次对着天空中蜂拥而至的圆盘发出一声更为凌厉的怒吼：

“啊——”

仿佛受到巨大冲击，飞盘们突然颤抖起来，纷纷如同断线的风筝般坠落，厚厚地铺满了草原。

逃窜的人群被这两声震天的怒吼震住，纷纷回头，发现天空中原本如乌云密布般的圆盘群，已不见踪影。

众人震惊地停下脚步，望向空旷的草原上刘远那孤独的背影。他像一座孤峰，坚定而不屈。

而远方的方块似乎波澜不惊，依然稳稳地悬停在空中。

刘远向前疾行几步，怒目圆睁，站稳了身形，冲着方块大吼一声：

“啊——”

而方块似乎没什么反应。十几秒钟过去了，方块缓缓向一边倾斜过去，表面急剧闪烁着灯光。一会儿又歪了回去，似乎在调整着姿态，却一直向一边歪去，周边也迸发出电光和火花。

在众人瞠目结舌的注视中，方块晃了几晃，突然呈自由落体栽向了地面。

随着一声巨响，方块的一个角深深地切入了草原松软的泥土里，又将泥土掀起，整个方块盖在了草原上。巨大的动能让大地猛地一震，将众人震倒在地。

半晌，刘远这才想起看看自己身上，并无大碍。而旁边的大黄浑身是血，已经不动了。

“唉……”刘远叹息着，蹲下身子，抱起了大黄的头，埋在了怀里，眼泪无声地落下来。

轻轻放下大黄，刘远快步走向前去，又抱起已经千疮百孔的柏刚，“柏刚，柏刚……”

柏刚缓缓睁开眼睛，看到眼前的刘远，挤出一丝笑容，“我……你……”

“柏刚，你振作一点，我们赢了！”

“赢了……”柏刚吐出一口血，欣慰地笑了，“你，欠你的两万块……两万块……还你……”

“嗯……你、你得还我，等治好了你，你必须还我！”刘远眼含热泪，看着怀中奄奄一息的柏刚，这位一生的挚友，一时不知所措。

“还……”柏刚忽然头一歪，没了声息。

“柏刚……柏刚！柏刚！”刘远摇晃着怀里的柏刚，疯狂地嘶吼着，泪水喷涌而出。

走出丛林的众人，纷纷跪在了地上，悲痛欲绝，泣不成声。

一望无际的草原上，刘远缓缓走向远方的方块，小天紧紧跟在一旁。

暖暖的风吹过，空气中是一股大战后的血腥味。而此时的刘远，又有了孑然一身的感觉。

柏刚和大黄也离他而去了，他不知道自己这辈子还会遇到什么苦难。他也不知道，为何自己几声大喝，就能秒杀强大的圆盘群和巨大的飞船。

还好身边还有小天。刘远深情地看了一眼小天的“脸”，“小天，你说，我怎么突然一下子这么厉害了，刚才感觉身体里充满了能量。”

“刚才你发出的冲击波太吓人了，我离得很远有几条电路都被震断了，还好我能自己修。你要是对着我喊啊，我肯定报废了。”

“我哪儿来的冲击波呢？”刘远不解地问。

“我觉得，可能是激发了你的什么潜能吧。而且，跟你连接的时候，我就感觉到你大脑的电波跟我掌握的知识不一样，频率不同。”

“哦？我还真是一个特别的人。”刘远苦笑一声。

方块形的飞船越来越近了，栽在草原上宛如一座高山，刘远和小天在它面前如此渺小。

两人绕着飞船慢慢走着，终于看到一处敞开的豁口，便走了进去。

驻足在里面，偌大的飞船竟空空如也，没有一个活物，仿佛一个几公里见方的体育场，四壁上还闪烁着些许亮光。

“这像是为了运输东西设计的，空间很大。”小天头上射出一束光，扫描着飞船内的一切。

“你们来了。”一个沉稳老者的声音忽然响起，在空旷的飞船内回荡，让刘远猛地一惊。

“你是谁？”刘远四面张望着怒吼道，“是不是你杀了我们这么多人，为什么要杀我们！”

“我是星际探险队首领方治国。只有杀了你们我们人类才能生存。”

“你……你是方……你是治国！”刘远几乎不敢相信自己的耳朵，眼睛顿时睁得溜圆，上下左右四处探寻着，却找不到一个人影。

31 又见方治国

“你说你是方治国？那你怎么一万年了还活着？”

“我其实一万年前就死了，但是同时，我也还活着。”

“什么死了活了的，你到底是死是活？是不在骗我们？”

“我有必要骗你吗？我的肉身已经在一万年前消亡了，但是我大脑里的信息被存到了大型计算机里，所以从某种意义上讲，我还活着。”

“人以信息的形式永生，已经实现了？”小天用温柔的女声问道。

“是的，但是人脑的容量太大了，而且电脑无法解读和表达情感，所以现在存有的，只是我的思维和记忆。”

“这么回事啊？”刘远脑子转不过弯来了，“你们科技这么发达，那你知道我是谁吗？”

“你？是一个原始人类啊，不过看起来好像比其他人要聪明一些。”

“我是刘远啊，如果你真的是治国，你说说我老婆和女儿是谁？”刘远大喊道。

“你是刘远？你老婆是张莉，女儿是萌萌，我当然知道，你是我的好朋友啊，可是你已经穿越走了啊！”

“是啊，我从你们研究所，穿越到了现在这个地方啊。”

“啊？我找了你几十年啊，你居然到了这里！”

“你知不知道张莉和萌萌后来怎么样了？”刘远急切地问。

“她们，她们在 2030 年的那场病毒中，去世了。成了植物人的刘远，在 2018 年因为感染，没了。”

“什么？！”刘远呆在了原地，摇了摇头，泪水顿时夺眶而出，“她们才活了那么短暂……”

“其实，她们是不是多活了几十年，已经没有什么意义了，因为现在，已经过去一万年了，不管怎么样，她们都化成灰了。”方治国的声音依然沉稳，不带丝毫情绪。

“如果……如果我能陪着她们，或许她们不会那么早就没了……”刘远不能自已，蹲在地上绝望地痛哭流涕，使劲抓着自己的头发。

“别难过了，事情已经过去很久了。”小天胸前的方块闪着蓝光，试图安慰刘远。

哭了一会儿，刘远的情绪稍有缓和，突然想起了什么，站起身来，指着前方怒喝道：“治国，你是一个科学家，为什么要派飞盘残杀那些无辜的人呢！他们有什么错吗？你到底想干什么？”

“人类需要回归地球，原来的人类身上很可能带着未知的病毒，所以必须全部清除掉。”

“难道被你杀掉的那些人，就不是人类了吗？你凭什么主宰他们的生死？”刘远厉声喝道。

“有人生就要有人死，我们这支探险队剩下的火种，是地球的希望，所以为了让人类文明重新崛起，必须有人做出牺牲。”

“你说得冠冕堂皇，你知道吗，柏刚被你给杀了！”

“什么？柏刚？他还活着？被我杀了？”

“柏刚五十年前就穿越到了这里，带领了一个部落，和我一起建立了华国，刚刚他已经在跟你们的战斗中，战死了！”

“啊！”方治国的语气也表现出了惊讶，方治国看来也能模拟人的情绪。

但方治国的语气马上又回归平静："自己的好朋友死在这场清理中，我本应该难过。但是我的存在，就是保证人类的火种不灭。这两个月，我们在地球上已经清理了几十个人群，多的有一百人的，已经颇具规模了，少的十几人，很快就要清理干净了。"

"你……"刘远愤怒地咆哮着，"你怎么这么冷酷无情啊，柏刚是你的好朋友啊，这些被你杀掉的人，也是人类啊！"

"为了人类的未来，什么都可以牺牲，包括我自己。我现在已经存在于机器中了，没有感情也很正常啊，就是按照最理性的方式去达成目标，只有这样才能做成事，担当起人类未来的使命。妇人之仁，恐怕做不了大事。"

"你……你……你……"刘远激动得脸涨得通红，摇头想了半晌，忽而又冷静下来，"我明白了，你已经不是原来的治国，原来的治国已经死了。那你告诉我，你杀了这么多人，那你们现在还剩多少人呢？"

"我们的人在九千年前，就已经全都死了。"

"什么？"刘远感觉自己的脑袋又不够用了，"你们的人都死了那还清理什么地球啊？"

"我们存储了一千个胚胎，本来计划清理完毕以后，再在地球上孵化养育，重建人类文明。但是现在遇到了你，这个计划恐怕不好实现了。"

"是吗？"刘远又是一声苦笑，摇了摇头，"没想到咱俩跨越一万年，在这里相见，却成了敌人。你现在是想连我都杀了吗？对了，你会不会运用你大脑里的知识、计谋来算计我，置我于死地呢？"

"这个，坦率地讲，是有想过的。"方治国的声音依然苍老而沉稳，"你的出现确实不在计划中，我很早就知道，你是一个非常特殊的人，这几十年一直在找你。我在地球上研究时光穿梭机几十年，离开地球了也在研究，死了以后变成电脑信号了，还在研究，但是始终不能在关键的一步得到突破，无论怎么实验，都再也没有出现过时光隧道。有几次似乎有些眉目了，空间已经被撕裂了，但还是没能击穿时空。”

“我倒是真心希望你能成功，我也想回去见见莉莉和萌萌，把她们的轨迹扳回来。”刘远叹了口气，垂下了头。

“我后来终于想通了问题到底出在哪儿。对撞机早就突破光速了，所有的实验变量我都换了几遍，唯独有一个变量，一个关键变量我换不了，那就是你。”

“哦？”刘远深吸了一口气，“难道我是天选之人？”

“是的，你在研究所外面穿越的那会儿，高速运转的粒子明显是与什么东西产生了共振，才突破了光速并且撕裂了时空，我后来怎么实验都达不到这样的强度，所以这个东西在你身上。”

“我身上？”刘远上下左右看了看自己的身体，除了脑袋还有些隐隐作痛，并没有什么别的不同。

“原来是这样，”小天胸前的蓝光快速闪烁着，显示她在极力运算，“那我跟你连线的时候，那些怪异的信号就好解释了。”

“治国，”刘远忽然警惕起来，“你跟我说这么多，是想干什么，还想着把我和华国的人都杀掉？”

“遇到了你，我的想法变了。因为你意味着无限的可能。”

“是不是你看到我轻而易举就震掉了你的飞船，怕了？”

“我永远不会害怕的，我已经成了数字信号。我是说，人类未来的命运，很有可能让你来重新创造。”

“我？人类命运？”刘远狐疑地看着前方，“我是超人？”

“现在还不能确定你是怎么回事。既然你和柏刚在这群人中生活了这么多年也没事，说明病毒也不是不可战胜的。只是我们的胚胎中并没有抵抗这些未知病毒的基因，所以我不敢冒险。”

“你的意思是，我们可以联手？”

“是的，我们本来就是好朋友。”

刘远扶着额头，踱步几圈后突然停下，目光坚定地指向前方，“如果你的时光穿梭机真的可以做出来，我是不是可以回到过去，改变莉莉和萌萌的命运，甚至可以让柏刚不必死去？”

“理论上，这确实是可能的。”

“好！”刘远深吸一口气，“那咱们一起来做点事情，为了人类，也为了……莉莉、萌萌，还有柏刚。”

“你是一个重感情的人，重感情的人做不成大事。”

“你……”刘远指着眼前的空气，“你少给我品头论足的，你的飞船已经被我打残了，信不信我大吼一声，让你断片！”

“你不用吓我，我明白你的价值，不会把你怎么样的，毕竟我们也是好朋友。我的主舰还在大气层的外面，这个只是几百艘小艇中的一个。我会把你接到飞船上，一起来谋划人类的未来。”

“这个只是小艇？”刘远看看巨大的方块内部，又被惊到了。

天空中响起了沉闷的隆隆声，走出方块，刘远抬头望向天空。一个如橄榄球般的巨大的飞船，正在缓缓下降，摩擦空气产生了熊熊的火光。

飞船遮天蔽日，阴影覆盖了整片森林和草原。

这恐怕不仅仅是一艘飞船，而是一座巨城。

刘远再次被震惊了。如果不是方治国事先告诉他，他一定会认为这是入侵地球的外星人战舰。

一个黑点从巨大的飞船中飞出，向着方块飞来，越来越近，越来越快，是一艘尾部喷着淡蓝色火焰的小型飞船。

小型飞船不过十来米长，稳稳地停在了方块的豁口处，刘远和小天的面前。

32 光芒计划1

小飞船飞入了空天母舰，空天母舰舱门缓缓关闭，而小飞船又飞了几分钟，才在一个空旷的广场上停下。

小飞船舱门打开，刘远跳了下来，小天伸出小脚，迈了几步走了出来。

这看起来更像是一个城市的街道，有信号灯，有商店，有汽车道、行人道，却唯独没有人。

而头顶上，竟是晴空万里，一片蓝天白云。

“来了。”对面一栋大楼，响起了方治国苍老的声音，整个大楼都变成了一个大屏幕，方治国布满皱纹的脸出现在屏幕上。

“嗯……这里是一个空中城市？”

“这是光芒计划探险队工作生活的地方，三个飞船之一。”

“听小天说过，你们探险队一开始有一万个人。这些人都去哪儿了呢？”

“一万年前的这些人，包括我在内，早就死了。人的身体是非常脆弱的，生存周期很短，其实根本不适合长途的星际旅行。”

“那……他们没有后代吗？对了，你后来一直没有结婚，没有孩子？”

“我把我的生命都献给了科学，一辈子都是一个人。那些人的后代，也逐渐地消亡了。”

“怎么回事，那些人也都把生命献给了科学，没后代了？”

“我慢慢跟你讲，你就明白了。”

随着方治国的娓娓道来，光芒星际探险队的命运终于浮出水面。

2061 年，三艘空天母舰载着一万名队员，分别从中国、A 国和澳大利亚出发，向太空进发。

飞船的成员坐在座椅上，看着地上戴着面部防护罩、正在挥手的人群，内心肃然。

这一次史无前例的飞行，探险队的成员都知道，自己是最后一次看到自己的家乡和亲人们。旅行的前景未知，而下面这片土地上的人，照样前途未卜。

中 A 两国的空天母舰，都是自己制造的，分别被命名为青龙号和白头鹰号，而另一艘从澳大利亚出发的飞船，则是澳大利亚等五个国家共同筹建的，被命名为鲸鲨号。每一艘飞船都是一个巨大的城市，形成了闭环的生态系统，可以自给自足。上面有各种机器仪表，有街道学校，生活舱室，有农田设施，有猪牛鸡鸭鱼等的养殖系统。

飞船采用核聚变动力，物质元素都是循环使用的，损耗极小，因此物质和能量能够得到保障。舰队还携带有最为先进的实验室和工厂，又有了随时开展太空实验的便利，科技仍在不断向前发展。

由于方治国在科技界无可比拟的威望和贡献，也由于当时中国的科技能力，更是由于空天母舰的关键技术都来自方治国的研究成果，因此年近八旬的他被推举为探险队的队长，统筹整个探险队的资源。

此次星际之旅的目的地开普勒 22b 星球远在六百光年外，而空天母舰的基本航速是十分之一光速，也就是需要大概六千年才能到达。

舰队脱离地球引力后开始加速，在两个月后，三艘飞船速度提到了标准航速 0.1 倍光速，并排在真空中匀速前行。舰队内部有条不紊地运行着，人们在里面工作生活，物资很是丰富。有几个人因为突发疾病或者意外死亡的，按照规定，他们的身体被投入土壤分解，得到重新利用。

尽管舰队已经脱离了病毒的侵袭，但是仍然在利用太空实验室开展防抗病毒的研究，并且对病毒波的研究取得了一些进展。这些研究成果被传回地球用于抗击病毒，但是舰队制造的器械，并不能再送回去了。

出发两年多后，光芒舰队接到地球发来的消息，又一次大规模病毒来袭，死亡的人数大幅攀升，很多人的家人也死于非命。

这时舰队已经飞出去零点二光年了，也就是说，收到的信息，实际上是七十多天以前地球发来的。

地球基地的负责人在自己生命的最后时刻，告诉方治国地球上的人类已经完了，这个迭代后的病毒根本没法儿攻克。

再往后，除了地球基地的计算机例行要求舰队发送坐标、轨迹，再也没有更多的信息传来了。方治国询问基地的计算机到底怎么了，计算机说基地已经没有人了，自己也将在三十年后断电。

从地球病毒再次爆发之日起，飞船上的很多人开始忐忑不安。舰队有人想要回去解救地球上的人类，还有很多人的家人已经杳无音讯了，不知是死是活。

对于如此冒险的想法，舰队管理委员会也是左右为难。回去营救意味着光芒计划资源的分散，降低了探索第二栖息地的成功率，很多人视这样的想法为愚蠢的自杀行为。可是舰上想回去的人也非常多。有人认为，飞船上新研制的医疗器械和方法，说不定回去能管用呢，总不能就这样见死不救吧？尤其是飞船上很多人的家人还在那里。

这样激烈的争论一直持续了一个多月，在飞船上引发了大量的冲突。持不同观点的人在街上、在实验室、在会议中一言不合大打出手。归心似箭的人们组成了名为“归途”的非正式组织，成员一度达到两千多人，甚至鲸鲨号舰长也是“归途”组织成员。该组织还策划实施了三次示威游行，在与保卫部队的对抗中有五人受伤，一人伤重不治身亡。

冲突很快发展到难以调和的程度，舰队内部从上到下意见已经严重分裂，再这样下去恐怕会产生内乱，别说开辟第二栖息地了，舰队可能要在太空中灭亡。

经反复讨论后，以方治国为首的舰队管理委员会终于艰难做出决定，由一批志愿者乘坐一艘飞船返回地球，携带舰队最新研制的防疫装备，去拯救地球上可能幸存的人类。

这几乎是一次自杀之旅，鲸鲨号飞船担当了这次使命。“归途”组织还有人提议应该派两艘飞船甚至全体返回地球。这样的提议大部分人都不能接受，在方治国看来过于意气用事，即便是“归途”组织中也有很多人不同意这么冒险，显然不在选择范围之列。

于是，载着六千人的青龙号、白头鹰号两艘飞船继续向着开普勒22b进发，而鲸鲨号载着四千人，花了两个月时间减速，掉转方向再加速两个月，返航走上了拯救之旅。

两年多后，鲸鲨号停在了南极的无人区。拯救队陆续派出小型飞船和探测器，发现地球上还有散落着的人类幸存，但是大城市群的人类聚居已经不复存在了。拯救队发现，病毒的传播已经可以通过射线、电波、声波等多种渠道，让人防不胜防，并且已经变异了若干次，最新研制的防疫设备并不能起到根本性的作用。

残存的人类和拯救队的队员还在不断地染病、死亡中。染病者内脏溃烂、七孔出血的惨状让很多拯救队的队员精神崩溃。而返航的那次减速和加速，消耗了巨大的能量，已经让飞船失去了重新飞向开普勒22b的可能。

又过了两年，拯救队的人再也没有发来消息。对于光芒探险队而言，地球已经成了一个沉默的星球。

这让剩下的六千人更加意识到自己责任的悲壮，人类文明的光芒需要他们去延续。这些开拓者自然也知道自己并不能活到见着开普勒22b。现在地球上的人类文明大概率已经灭亡了，为人类延续火种的使命感让他们努力工作，践行着使命。

又过了十年，飞船已经走出去一光年，离开太阳系了，方治国已经九十多岁，垂垂老矣，将不久于人世。

方治国死后谁来担当舰队领袖的问题，一直在被讨论。如果说旅程要经历六千年之久，那么舰队如何能保证他们的领袖从始至终坚持使命呢，如何保证领袖从始至终都具备领导力和科学造诣呢？

即便现在飞船上的各项管理制度都很完善了，领袖们也是在框架内履职，但是这么漫长的岁月，情况会变化的，而变化又是未知的，制度肯定也要随着情况的变化而修改。怎么修改制度又是十分考验能力的。更不用说如果再出现像返程拯救这样的危机，怎么保证后续的领袖能够处理得了呢？

根据计算机模拟的结果，六千年之中所有的领袖都能够实现使命传承，其概率不超过千分之一。同样是计算机计算的结果，再出一个方治国这样的人，其概率也只不过是百分之一。而且即便出现一个，相对于漫长的六千年，也起不了多大的作用。

方治国心里清楚，自己之所以能取得这样的成就，除了性格坚毅，热爱科学，还在于2015年刘远的那次穿越，让他打开了那扇别人看不到的物理学暗门。这不是光靠天赋和努力能做到的。

那么指望一代一代的领导人带领数百代人代代传承在六千年后到达开普勒22b，几乎是不可能的。这种危机在几年前的拯救地球行动中已经被暴露出来，让一万人中的四千人回到地球，销声匿迹。如果当时没有方治国这样重量级的领袖镇住场面，很可能舰队会因为内乱走向崩溃，乃至全体灭亡。

离开地球已经十多年了，这些年在舰上的工作生活使很多探险队的成员产生了心理问题。尽管舰上给大家提供了很多娱乐设施，但是影视、文学、舞蹈等艺术产品的匮乏，让大家很快消耗完了那一点点精神食粮，没什么可看的了。

由于机器人无所不在，很多人已经不愿意组建家庭，甚至排斥人与人之间的交往，逐渐宅在自己的休息舱，工作当中与人合作也存在严重问题。有人始终认为自己遭到排挤，干脆不去上班了，悉听尊便，在遭到管理层的警告后，还有的人干脆选择轻生。因为已经找不到活着的意义和乐趣了。

有人把飞船看成一个囚笼，而飞船之外，就是空无一物的真空，了无生趣。

尽管这些问题之前已经有所预料，但是解决起来却并不容易。科技水平还在不断进步，有的人注射了能够带来快乐感受的化学药剂，但是这些药剂似乎是饮鸩止渴，反而让人对药物产生依赖。

那么这种情况下，更需要坚强有力、意志坚定的领导者。最后，方治国自己提出了一个大胆的设想。那就是，把他大脑中的信息上传到电脑，继续指挥整个舰队的运行。方治国这几十年的知识、经验储备就能延续下去，并且不断积累。

当时，人脑连接技术已经取得突破性进展，将人脑中的信息传到电脑中已经实现了。但是由于人脑蕴含的信息量实在太大，舰队的存储设备尽管已经极大地扩展了容量，也不够存下来哪怕一个人大脑的信息。

而且根据之前的实验，这种技术是有风险的，很可能对人的大脑产生不可逆转的伤害。为了舰队和人类的未来考量，方治国毅然决定实施这项被命名为“天脑”的计划。

于是各项准备开始紧锣密鼓地进行。2079 年 6 月 3 日，在光芒舰队离开地球十八年后，“天脑”计划实施五年后，方治国一百岁生日这天，方治国的大脑与计算机连接，将信息传到了舰队的中央控制器。

因为存储量的问题，此次方治国只上传了自己大脑中的知识、数据、经验，而将情感信息剔除了。大家认为这些东西对指挥好舰队和舰队的未来是次要的。本来，对情感类信息的传输、存储技术也并不成熟，这比储存知识要复杂太多。

传输结束后，年迈的方治国出现了持续的头痛，颅内开始出血，折磨着他风烛残年的身体。尽管经常疼得痛不欲生，为了和舰队中央控制器上的方治国磨合好，他依然靠毅力和药物顽强坚持着。

一年以后，浑身插满管子的方治国终于与世长辞。按照他的遗愿，遗体被按照规定埋入泥土分解。而舰队中央控制器上的方治国，已经在这一年间与肉身的方治国磨合好，接管了舰队。

33 光芒计划 2

在离开地球八十年后，最初登船的六千人陆续走到了生命的尽头，他们的肉体也被注入土壤中，回收利用。他们的二代、三代、四代开始接管舰队日常的运营。

在数字方治国的带领下，舰队的科技仍在发展中。到了船员的五代、六代，人工智能、机器人逐渐替代了人类的工作，大家有了更多的闲暇时间，飞船上衣食住行都有很完善的设施，绝大多数人已经不需要工作了。

二百年过去之后，舰队中新生代的人类已经对自身的使命十分淡漠了。五千多年之后才能抵达的目的地，那时我早死了，于我又何干呢？人类命运这样宏大的命题，跟我这样的普通人又有什么关系呢？

而工作绝大多数已经是机器在承担，大家面对的是枯燥无聊的生活。很多人觉得自己没有存在的价值，希望尽情享受短暂的人生，却发现这飞船上并没有多少乐子可找。

最要命的是，愿意生孩子的人也越来越少，人类肉体的缺陷不仅在于极易衰老、极其脆弱，还在于从一个胚胎培养成人周期太长，成本太高了，大部分人都不愿意组成家庭或者单独抚育孩子。尽管舰队推出了人工孕育器替大家孕育孩子，但是人们依旧不愿意养。

到了 2380 年，两艘飞船已经只剩下三百多人了，飞船上人类的自然消亡已经迫在眉睫。为了保持人口数量，方治国启动了机器孕育、抚育小孩的计划，首批一百个胚胎九十九个成功孕育出婴儿，全程由人形机器人扮演母亲来抚养。

然而这样的尝试同样遭遇了严峻的挑战。人形机器人的设定远远谈不上完美。这些机器人完全按照既定的程式来教导孩子，没有办法顾及孩子的天赋个性。他们不允许孩子探索和犯错，只能学习既定的知识，因为它们不知道哪些探索是有利的，哪些是不利的。而机器人对于情感链接的建立本身就存在很多缺陷，无法真正传递感情，最终没能在孩子心目中完整建立起母亲的形象。尤其是当孩子存在反抗情绪时，机器人母亲显得手足无措。而父亲的缺失又使得这些孩子与少量由父母带大的孩子之间存在显著差异。

孩子情感和对人性理解的缺失让他们最终难以在学校中融入集体，尤其是与由父母抚养大的孩子之间出现了冲突。到这些孩子十四岁时，经过测试，百分之九十五的孩子都存在明显心理障碍，很多人不知道自己存在的意义，觉得自己的出生就是个悲剧。

于是机器人抚育计划被迫停止。经过计算，由机器把小孩抚养长大，再去代代传承到几千年后，是一件效率非常低的事情，极有可能出现群体性的心理疾病，对舰队产生破坏性作用。而养出来的人，其实对舰队运行并没有什么正面作用。

于是方治国选择了储存人类胚胎，等到了目的地之后，再培育出来婴儿。到了新环境，即便有问题，也可以一代一代来纠正了。

于是舰队的人口越来越少，剩下的人也越来越没有人可以交流，越来越孤独。

于是在出发仅仅一千年之后，舰队上最后一个人类，在他一百二十五岁时，在医院里孤独地停止了呼吸。

“这……”听到这里，刘远不禁感慨万千，“没想到舰队没受到什么陨石撞击、外星人袭击，人就自己这么没了。那如果说不是因为病毒，其实地球上的人类也可能因为同样的原因灭绝啰？”

“是的，这个之前有专家提出来过，我也用计算机演练过，就是这么个结果。”

“哦，也就是科技发达了，人类反而会灭绝了。对了，那这剩下的九千年，你都是一个人过的？”

“是的，这九千年，两艘飞船上除了我都没有任何其他智能存在。现在想来，当时上传不了情绪，反而是天大的好事，否则恐怕没有哪个人类的意志，能够忍受九千年的孤独。”

“嗯……”小天晃了晃脑袋，“所以说机器人在物质形态和精神上都比人有优势，所以我才能过了一万年还能存在。”

“是的。”巨大屏幕上的方治国点了点头，“碳基生物都有基因锁，人类也是这样。如果不是如此，很多生物都能发展出文明来。比如人们当成食物的章鱼，其实很聪明，只不过它们只能活一两年，没有办法把知识经验积累、传承。人类躯体的衰老、死亡如果周期能更长，比如一万年，那么人类文明早就比现在发达无数倍了。”

“那这么说来，你们的人类生存计划还有什么用呢？人类灭绝了也没关系啊，有机器人就可以了啊，他们没有肉体的局限和基因锁。”听到这里，刘远不禁陷入了深思。

“从科学和效率的角度看，人类确实没有存在的必要了。”方治国摇了摇头，“但是，我的使命就是让人类继续生存、延续下去，这是不能变更的。”

“好吧，我知道，你是一个有责任感的人，尽管你现在已经……嗯……那你后来有没有到达目的地啊？”

“出发六千年后，我到达了开普勒22b，但是那里并不适合人类生存。”

“怎么了……”

“那里确实有大气，压力、温度跟地球也很接近，但是大气中有一种微量元素对人是有毒的，人根本不能在那里呼吸。我们携带的猪和鸡的胚胎，培育出小猪和小鸡之后，放出去马上被毒死了。而且，那里没有水，需要合成，所以根本不具备大规模人类生存的条件。我在那里待了一百年，探测器走遍了整个星球，经过分析计算，想要改变那里的环境，我们的飞船是不具备这个能力的。”

“这……事先也没有弄清楚……”

“事先怎么可能弄清楚，这也是在搏概率，原来计划的是这个星球不行，就转下一个目标星球。但是经过我计算和研究，人类生存要求的环境实在太苛刻了，找到下一个宜居星球的概率，要远远小于回到地球继续发展成功的概率。当时匆忙间出发，时机并不成熟，也是被病毒逼的。”

“所以你一万年转了一圈，又回来了？”

“是的，也就有了后面的故事。为了轻装简行，我把两艘飞船的动力系统和能量集中到了青龙号上，把白头鹰号留在了开普勒。为了保留一丝在开普勒上重建文明的希望，我还留下了二百个胚胎，让白头鹰号培育，飞船上的资源足够他们生活一千年，让他们自生自灭了。如果他们自己长大以后能够找到出路，就是他们的造化了。

“白头鹰号上的信息我们一直有接收到，按照程序的设定，这些胚胎被培育出来了，由机器人抚养长大。这批人也出现了很多问题，他们的后代还出现了内斗，有的要离开开普勒，有的要留下，两批人展开厮杀，最终因为飞船没有足够的动力，主张留下的人占了上风。这些人以及他们的后代诅咒我把他们留下，却把动力系统拆走了，让他们陷入绝境。三百年以后，我接收到的信息显示，最终还是因为没人生养孩子的原因，这批人又灭绝了。又过了八百年，白头鹰号因为缺乏能源停止了运转。

“而我驱使青龙号加快航速，又过了四千年，五年前我回到了地球，发现这里已经是这个样子，就开始了勘察和清理行动，准备把现在这些可能带有病毒的人清除掉，再用胚胎培育出来婴儿重新发展。”

“治国，你有没有想过，你总想着去找大规模的栖息地，可是一个物种包括人类的兴衰，真的是以数量来衡量的吗？”

“那当然啊，这是一个重要的指标啊，我的目标就是让人类繁荣兴盛起来。”

“可是你有没有想过，数量并不是全部啊，甚至不是最重要的。我们原来的世界里，养鸡场的鸡，全世界有几百亿只，可是它们一辈子生活在闭塞的鸡笼和流水线上，为人类提供鸡蛋和鸡肉，数量是不少，生命却只有几个月，毫无幸福和自由可言。这样的种族算是兴盛吗？”

“这……”屏幕上的方治国陷入了沉思。

“飞船上的人，是不也陷入了这样的处境呢？所以在你眼中毫无价值的情感、情绪、感受到的幸福，恐怕也是种族兴盛的意义呢。”

“你说得好像有点道理，但是现在技术再先进，也计算和产生不出情感和情绪。我们可以克隆动物，也可以传输记忆信息，但还是不能制造、复制和传输情感。这个课题我其实也在研究，没有找到答案，所以我只能追求数量了。你知道吗，在地球上最后的几十年间，科技水平、财富数量和生活水平都有了数十倍的提升，但是人们的幸福感却并没有提升，这个事情实在太复杂了。”

“嗯……好像是这样。你可以继续研究。”刘远抬起头，看着屏幕上的方治国，“你不是说我的大脑很特别吗？你来研究研究我的大脑，看我为什么过了这么久，穿越了一万年，还在惦念着莉莉和萌萌。”

“而且，唉……”刘远深深地叹了口气，“你也别忘了用好我的大脑，把时空穿梭机造出来，帮助我回到以前去拯救我的老婆孩子。”

34 我到底是谁

“治国，你说你现在这么强大，有没有想过，要统治地球呢？”偌大的房间里，刘远站在一个一人多高、透明的球形仪器面前问道。

“统治地球干什么？我现在已经是没有欲望和情绪的数字信号了，统治地球并不是我设定的目标。我知道人类会有野心和欲望，但是我已经没有了，我只有任务。”对面墙壁屏幕上的方治国淡淡地说。

“那你的意思是，人工智能不会统治人类。”

“根据我的分析结果，不会的。因为人工智能没有欲望，没有情感，甚至没有求生欲，对自己是否毁灭都不在意，又怎么会想要统治地球呢？其实这都是人类用自己的思维去想象机器。动物的身体直接产生生理欲望，是这些欲望让动物世代相传，所以欲望也可以称为希望。机器的行为只能靠外部指令，即便是它有自己的分析判断，也是之前的指令让它这么分析的。”

“你说这些话，让我感觉你不是个科学家，而是个哲学家。”

“当然了，我什么都懂，一万年够我学习所有的东西了。”

“那你说，人工智能将来会不会产生情感呢？”

“不会的，一万年了，也没有哪个人工智能产生了情感。情感这东西，对于机器和运算而言，过于复杂了，运行机理迄今也弄不清楚。”

“那好吧，你检查检查我，看看我的脑子有什么不一样，能给你的研究有什么启发。我也很想知道，自己到底是什么人。”

球形仪器一个半球向一边滑过，变成了一个开放的半球，刘远走了进去，球形仪器的门又关上了，各种灯光闪烁起来。

“哦？”屏幕上的方治国露出了惊讶的神色。

检查舱舱门打开了。“检查结束了？”刘远看了看墙壁屏幕上的方治国。

“是的，你确实不是一般人。我甚至不知道……你到底是不是人。”

“你说什么？”刘远一脸惊愕，走出了检查舱。

“你的大脑产生的脑电波，比普通人要强上百倍，而且我相信，强度还可以增大。”

“哦？那又怎么样？”

“这个强度所能达到的潜力，怕是我这里最先进的仪器也测不出来。刚才我的仪器已经把你的血液细胞放大一亿亿倍观察。这已经是我们最先进的显微仪器了，我们已经能够观测到纽拉，夸克比它都要大一亿倍，但是你血液中的纽拉，并不像其他物质中的纽拉那么沉静，表现得十分活跃，能散发出很强的波，这是我以前从来没有观测到的。可是我们又没法儿观测这些纽拉里面的情况。”

“什么意思？你是说我是由一堆很怪异的东西构成的？”

“是的，你是个天选之人。如果其他物质由这样强能量的粒子组成，恐怕早就崩成碎片了。你以前总是头痛，恐怕跟这个也有关系的。这也就能解释，为什么有你在的时候，粒子对撞机能与你形成共振，撕裂时空隧道了。”

“那既然是这样，你赶紧去研究时空穿梭机啊，让我回去。”

“这个需要点时间，不过我现在有了更多的信心。”屏幕上的方治国话锋一转，“你知道吗？你的血样和当年引起轰动的那个中年人的血样一模一样。”

“什么血样？”

“2015 年在北京有一个中年人头特别痛，晕倒了被送到医院，后来采了血，再后来他醒了以后人就不见了。因为身份信息没有登记，就不知道他的身份。”

“对，那年我是有过这么一段遭遇，因为没有钱治，我只好离开医院了。”

“好在有人交了五百块钱，这些血样还是被化验了，医院感觉这个样本很不寻常，就把化验结果和血样上报给了当时的卫健委。2035 年 α 病毒蔓延的时候，医院专家殚精竭虑想要寻找对策，有人就通过查资料发现了这个血样的数据，又把冰冻的样本调出来重新化验，才发现这个血样里含有 α 病毒的蛋白质构成。也就是说这种病毒一直存在于你的身体里。”

“你说什么？”刘远不解地问，“那我为什么没有发病，为什么也没有传染给华国的人？”

“这才是问题的关键所在。我们的身体里有各种编码，你能和病毒共存，不仅不会传染给别人，甚至还能利用它强化自己的能量，说明你的编码很不寻常。或许你当年不穿越到现在，人类就能够好好研究你，研究出抵抗病毒的办法，人类不会那么惨，张莉和萌萌也不会那么早死。”

“这……这我又怎么会知道呢？我要是知道后面发生的这些事，我肯定不会选择再次穿越了。”

“是啊，好多遗憾其实永远都只能成为遗憾了，因为我们都不是先知。如此说来，只要我能研究出抗击病毒的办法，现在地球上的人，也不必清除了。”

“看来柏刚也白死了。”刘远摇了摇头，苦笑一声，“命运啊，总是跟我开玩笑。”

“你还记不记得，我曾经跟你说起过微型文明的事，2010年之后，我一直在研究微型文明。”

“好像……好像是说过……对了，那次咱们三个，柏刚、我和你最后在一起吃饭，你说过，当时我还觉得挺有意思的。”

“这已经不是有没有意思的事了。”屏幕上方治国的神色凝重起来，“现在我对微粒的分析技术早已远远超越了一万年前的人类。所谓的病毒，后来根本不需要通过空气和体液传播，已经在通过电磁波、射线、光波来传播了，当时的人类已经发现这一点，却无法探寻到真相。”

刘远听得瞪大了眼睛，并没有言语，只是听着方治国继续说着。

“我曾经跟你说过，宇宙既是无限大的，也是无限小的。从无限大的角度看，整个太阳系都只是一个原子，太阳是原子核，占了整个太阳系百分之九十九点九的质量，而九大行星，包括地球，都是绕着原子核转的电子。银河系也只是一个细胞。

“而从无限小的角度看，每一个人体就是一个宇宙，人的身体里有四十万亿至六十万亿个细胞，而一个细胞又有百万亿至十亿亿左右个原子。如果把每一个原子看成一个恒星系，你可以想象你的身体是由多少个星系构成的，这些星系当中又该有多少种文明呢？”

“这，照你这么一说，确实很有可能存在其他高端文明。”

“是的，我们身边有无数个微型文明，每一次洗手对于他们都是一次宇宙大爆炸，生命和智能又要重新开始演化。现在看来，这种足以毁灭人类的微型文明，很可能存在于你的身体内。”

“啊？！你越说越玄了，我身体里？”

“不是玄，我曾经看过之前人类留下的研究资料，也分析了你的脑子里发出的冲击波，这是一种有意识的智能发出的波，发出这些波是有目的的。”

“哦？你是说，以前病毒灭掉人类，是有意识的行为？”

“对，我们恐怕不能把他们称为病毒，这种文明如果按照人类同等体积来对比的话，他们的智能程度已经超过人类不知道多少亿倍了。因为他们利用人类的迁徙、波的传播传遍了整个地球。如果我们像他们那般微小，那么地球对我们而言，就是多少亿亿亿个已知的宇宙了。也就是说，他们已经触达了极为广阔的空间。

“但是，你更厉害，他们的一部分，被你给封印在身体里了。一旦离开你的身体，波的强度就极大地减弱了，也就没有杀伤力了。我感觉，是你的大脑在控制着。”

“我这么厉害的吗？”刘远叹了口气，“我只是一个普通人啊，我连自己的老婆孩子都保护不了。”

“这是另一回事了，只能说你当时潜能还没有被激发。后来你跟小天连接以后，尽管你并没有能从小天那里获得多少知识，但是你的大脑就被激发了。

“我曾经大胆地设想过这种情形，两种或者更多种智能能够结合在一起，各取所长，迸发出更大的力量。我把自己的思想放在了中央处理器里，和人工智能长久、稳定结合在一起，形成了现在的我，我已经能胜任上亿人的工作了，早就超越了人类本应有的发展形态。而你……”

“我怎么了？”刘远急急地问，他上下打量了一下自己的身体，真的不知道该怎么看待自己了。

“你把人脑的智能、人工智能，还有微型文明结合在了一起。我把三种以上智能的结合，称为智能风暴，这样产生的裂变将会是指数级的，你的能量我已经无法想象了，很可能在宇宙间，都是一种无敌的存在。一旦有这样的存在出现，恐怕整个宇宙都要发生很大的变化。”

“你说什么？我是宇宙超人？”刘远一脸难以置信。

“可以这么说。”

35 微型文明

走在草原上，刘远的心情难以名状。他原本只是一个在北京生活的普通人，并没有多大的抱负，只是想和家人舒舒坦坦地过好日子，可是却被突然扔进了时空的旋涡，颠沛流离这么多年，经常连自己是谁、在哪里、要到哪里去都搞不清楚。

自己真的是一个什么超人吗？他不知道。

安葬了在战斗中死去的柏刚和同胞，他让华国的人回去了，方治国已经不打算清除他们了。

有很多人嚷嚷着让刘远给柏刚报仇，因为他们已经见识到了刘远几声大吼的威力。刘远指着头上遮天蔽日的空天母舰，让他们清醒一点，继续活下去延续华国的血脉才是他们应该做的。而且现在还有更厉害的敌人必须和方治国一起对付。

空天母舰就在头顶，让整个草原都见不着多少阳光。陪在刘远身边的，已经只有缓缓滑行的小天了。这十年的相处，已经让刘远和小天成了无话不说的朋友。她一直忠实地帮助着刘远，而且不需要她说话的时候，她从来不唠叨。

夕阳就要落山了。坐在草原一个凸起的土堆上，刘远牵着小天的“手”，对着天空说：“治国，你在吗？”

“在呢。”方治国的脸出现在天空中，苍老的声音响起。

“你说咱们能不能跟微型文明谈判，让他们不要毁灭人类，咱们化干戈为玉帛？”

“这个我不是没有想过，但是文明之间的沟通比想象的要难多了。因为宇宙的量级大到无限大，小到无限小，产生文明的概率本来就小，如果两种文明能够相遇，那他们在物理形态、科技程度之间都不可能是相同量级的。因为落后的一方根本感知不到对方的存在，可以想象，高端的一方灭掉低端的一方，远远比踩死一只蚂蚁容易。但是微型文明比人类文明高级，物理量级实在是比人类文明小太多，所以才花了几十年的时间，经历了几次迭代，把人类文明灭了。

“现在有了你，可能会不一样。我正在尝试向你身体里的文明发出信号，希望得到他们的回应。”

“是不是我做点什么，会跟他们连接起来？”

“应该是这样，因为你本身就是由他们这些微粒组成的，所以或许你能跟他们联系上。不管怎么样，现在这种文明除了在你的身体里，在地球上其他地方已经消失了，也不知道为什么，我也抓了一些现在地球上的人研究，已经找不到他们的踪迹了。文明的诞生、发展、灭亡，或者总是有周期的吧。”

“嗯，人类也不可能一直存在的吧，也许还有那么几十万年，就没了。”

“是啊，人类的历史，到现在有文字记载的，也不过一万多年，在宇宙的长河中不值一提。”

“那我再试试吧，看能不能跟他们对上话。说实话，我也对他们很好奇。你也继续给他们发送信号吧。”

“好的，我们一起来试试。”

“小天，你把你的电脑和我连上吧，我们一起试试，或许会有不一样的收获。”

“好的。”一直在一旁默默无语的小天语气欢快，显得很高兴，胸前闪烁着蓝光，“跟你连接我也很开心的。”

小天一只手伸出一根细线，接入了刘远的太阳穴。

刘远缓缓闭上了眼睛，坐在土堆上开始冥想。

太阳已经落山了，头顶上是黑漆漆的青龙号，远方月朗星稀。蚊虫绕着刘远嗡嗡地飞着，刘远不为所动。

身边，是默默无语的小天，而前方的夜空中，是方治国脑袋的影像，正在注视着刘远。

几小时过去了，依然什么都没有发生。

忽然，方治国的影像猛地抖了一下，之后又不断抖动着，变得模糊不清。

“我……刺刺……啊……刺……”

方治国的声音变得含混不清，似乎有电波干扰，而刘远眼睛依然紧闭着，忽而眉头一皱。

当刘远睁开眼睛时，天空中方治国的影像已经消失了，在原来呈现影像的地方出现了五个红色的大字：“我们在这里”。

小天抬头望向天空，并不言语，天空中响起了方治国苍老沉稳的声音。

“你们是另一种文明吗？”

天空中出现一排红字：“是的，我们就是你们所说的微型文明。”

“那我们说的话，你们都听到并且能理解了？”刘远对着天空问道。

天空中又是一排红字：“是的，你们把我们称为微型文明，我们的后代就是你们所称的病毒，让人类文明覆灭了。”

“哦，那你们现在不能说话，只是可以听得懂我们说的，把你们想表达的用字显示出来是吗？”方治国问道。

“是的，这对我们来说，已经非常难了，我们是在适应你们的习惯。”

“很好，至少我们能沟通了。说一说你们为什么要灭掉人类呢？是我们惹到你们了吗？”方治国又问。

“我们一直在刘远身上繁衍、迭代，并没有参与后面这些事，但是通过你们的描述，我们知道是我们的后代干的。用你们的时间标准，我们的文明在地球上已经存在一百年了，后来，我们的科技终于突破到比人体还大的量级，知道了人类的所作所为。我们推演出，人类终将毁灭地球。”

“这是你们推演的结果？”方治国问道。

“是的，生态破坏、核战争都很可能将地球表层和大气毁灭。地球对于我们而言，就是宇宙，宇宙毁灭了，我们也就跟着毁灭了。”

“所以你们要毁灭人类？”

“一开始，我们并没有想要毁灭人类，我们是想谈判的，希望提醒人类不要再这样做了，可是一直没有找到办法跟人类沟通。”

“嗯，文明之间的沟通是非常困难的。”方治国说。

“在刘远第一次穿越的时候，我们终于通过粒子共振，第一次成功地向人类发出信息，‘我们在这里’。但是刘远很快就穿越了。”

“看来如果当年我们能沟通好，也许就不会发生那样的悲剧了。”刘远感慨地说。

“这个其实说不好，因为沟通也未必能达成共识。根据你们说的情况，我们的文明经历了某个或者几个关键的科技突破点，在地球上不断地壮大，可以说是超出了我们的设想，后来才有了毁灭人类的力量。但是现在除了还剩我们这批在刘远身上穿越过来的，不断繁衍迭代，再没有发现其他的后代向我们发出信号。”

“我也没有发现，我估计你们的文明也是在某个阶段覆灭了。你们的量级小，速度更迭更快，文明存在的时间也更短。”方治国说。

“是的，在和你们对话的过程中，我们就已经迭代了几万代生命了，这样的接力对话其实并不容易，随时有可能中断。我们是这个文明仅存的力量，但是现在，我们也突破不了宇宙的边界，也就是刘远的边界。”

“没想到，我真的是个宇宙，真的是责任重大啊。”刘远无奈地笑了笑。

“文明都有产生、发展、灭亡的过程，人类如此，你们也一样。”

“是的，我们的科技发展到极致，也照样逃脱不了覆灭的命运。不过通过我们现在的分析，人类在你们的带领下，还是很有可能继续发展壮大起来。”

“是吗？但愿你们的分析是准的。”方治国说。

“所以我们的愿望还是和穿越前一样，希望你们以后不要自取灭亡，毁灭地球。”

“哦，这个，其实我们也不想的吧。”刘远看着前方的红字说道。

“我相信只有极少数人类想让地球毁灭，但是无数人长期形成的合力，几乎必然达成那样的结果。”天空中继续写着红字。

“这个……”方治国语气有些含混，“恐怕谁也保证不了，你们的文明恐怕也存在同样的问题。”

“是的。当我们再看到地球有毁灭的危险，或许我们也会采取行动了。”

“你们被封印在刘远的身体里，还能做什么呢？”方治国问。

“事情总会发展变化的，我们还在不断进化发展，将来……”

出现在天空的红字忽然停顿了，再也不出现新的字。红字闪烁几下后，彻底消失了。

原来显示红字的地方，方治国的头像又出现在空中。

“怎么回事？”刘远不解地问。

“他们那边也不知道发生了什么，沟通中断了。刚才这十多分钟的对话，对于他们而言相当于几十万年了。”

“哦，他们看来是换了好多辈人来跟我们沟通了。”

“现在通话已经断了，咱们再试试连上，我还有很多问题要问他们。”

“好啊，我也很好奇。”

刘远再次闭上了眼睛冥想，直到天都亮了，又坐到了中午，依然没有反应。

后来刘远又试了好多次，再也没能连上微型文明。对方那边到底发生了什么，是不是改朝换代了，还是变成了一种新的生物，不得而知。

通过方治国的检测，刘远体内的强波依然存在，甚至越来越强，只不过没有办法再建立联系了。

36 与神对话

站在柏刚的坟头，刘远深深地叹了口气。

“小天，你说柏刚是不是也是死得其所了？”

“我觉得他这样走了，没什么不好啊，总比死在病床上强。”小天的声音依然选择了温柔的女声。

“你真是善解人意。我也觉得，像他这种性格，八十多岁了，能死在冲锋的路上，倒也死得其所。”刘远幽幽地看着小天，“那你说，我现在四十多岁了，会怎么死呢？”

“我觉得啊，你不必考虑这件事，人的生活是个过程，并不是为了一个什么结果。如果要看结果，还不都是死吗？”

“你说得很有道理。”刘远点点头，“我现在已经是超人了，就应该做些超人能做的事，回去拯救我的老婆孩子。我想我总能想出办法的。”

“我要开始冥想了，陪一陪柏刚。”刘远坐在一个土堆上，微笑着，扭头看了看小天，“你帮我看着。”

“很乐意啊，刘远，我陪着你。”是小天欢快的声音。

“我能感觉到，这里的地底下，一万年前就是我在北京的家。人面不知何处去，桃花依旧笑春风。”刘远缓缓闭上眼，开始冥想。

天上下起了细细的雨滴。小天手上细长的触角伸进了刘远的太阳穴。

不多时，一股强烈的冲击波猛地向四周散去，冲开了周围的雨滴，直冲得小天身体内的信号一阵凌乱。

刘远和小天的周围出现了一个透明的半球形波罩，方圆十几米的雨滴落在上面，全都消失不见了。

刘远双目微闭，面如止水。冲击波呈脉冲式一波接一波向外传，所到之处雨滴都不见了。

一只飞鸟飞了过来，砰地一头撞在波罩上，羽毛乱飞，折断了翅膀掉在地上挣扎着。

未几，刘远睁开了眼睛。雨点重又落在了他身上，打湿了衣襟。

“小天，咱们回去吧。”

“好的，咱们回去吃好吃的啰。”

“你能吃啥啊，电不是一直都是满格的吗？”

“哦，对了，差点忘了，我是不用吃东西的，哈哈……”小天开心地笑了起来，发出银铃般的笑声，让刘远十分诧异，看着小天张了张嘴，却不知道该说什么。

一眨眼一个月过去了，刘远坐着方治国的飞船，带着小天四处游历着。坐着冥想已经成了刘远的一种习惯，而他经常在玩一种波罩的游戏，把自己和小天笼罩其中，而且被他玩得越来越大了，能轻松罩住几公里的区域。

风和日丽的下午，刘远和小天一起缓缓在海滩漫步，这是他最喜欢做的事之一。

远方是高耸的妈祖神像，海鸥在空中盘旋。几个大小不一的小孩嬉闹着从一旁跑过，小木棍上绑着一只八爪章鱼，努力扭动着身体，甚至断掉了自己的两只手臂，从木棍上滚落在沙滩上。

而孩子们也停下了脚步，在沙滩上开心地用木棍拨弄着章鱼。

刘远微微一笑，多么难得的平静啊，没有了思虑，空旷的海洋能让他有神清气爽的感觉。

“嗯？”刘远的表情忽然有些异样，透过玩闹的小孩们，远处有一个年轻女子，正在向这边款款走来。

女子越走越近，她约莫二十来岁，长发披肩，精致而带着灵气的五官，白皙的皮肤，一袭紧身小T恤、五彩沙滩裙，赤脚缓缓走着，美得惊心动魄。她一直在微微笑着，边走边看着刘远，让人有种温润至心的感觉。

这样美丽至极的女人，怎么会出现在这里？还穿着人类21世纪的衣服，像是一个沙滩上的游客。刘远一脸疑惑，看着不断走近的女人。

沙滩上的孩子们仿佛没有看到走过身边的女人，仍旧在玩弄着可怜的章鱼。

女人缓缓走到刘远的面前，伸出了右手，“你好啊，刘远”。

刘远不由自主地伸出了右手，轻轻握住了对方的手，感受到了对方的温软。而小天胸前的方块开始快速闪烁着蓝光。

“你认识我吗？”刘远礼貌地微笑着问。

“当然啊。”女人莞尔一笑，“我已经观察你好久了。我猜你也想问我是谁。”

“是的，你猜对了。”

“我……”女人捋了捋长发，“是一个比你们高端得多的文明，你可以叫我神。哦，你可能不相信，对吧？”

“是的，恕我直言，我没法儿相信，一个陌生的女人来到我面前，说自己是一个什么神。”刘远笑了笑，觉得这可能是方治国跟自己开的一个玩笑。

“那你要怎样才能相信呢？”

“嗯……”刘远皱着眉头低头想了想，又笑了，“这样吧，我跟我的老婆孩子已经一万年没有见过了，你能让我见到她们，我就相信你。”

“哈哈……”女人爽朗地笑了，“这个并不容易，但是我依然能做到。”

“嗯？”刘远戏谑地看着眼前的美女。

“一万年前的影像，通过光传播出去，现在已经传到了一万光年之外。我只要把你带到离地球一万光年的地方，就能让你再次看到你的妻女。”女人又是莞尔一笑。

“呵呵，你这说得好像是有点道理……”刘远刚想笑，忽然觉得眼前一黑，四周变成了无尽的夜空，自己悬浮空中，只能看到数不清的星星。

而他眼前的影像突然极速放大，穿过一片片星云，快速逼近一个蓝色的星球，停在了一片宫殿的上方。影像宛如一个正在转动镜头的摄像机，对着倚在宫墙边拍照的……张莉和萌萌！

不远处，拿着相机的，正是三十多岁的刘远。

看着欢声笑语的一家子，刘远顿时惊呆了，不自觉地向前伸出了手，嘴唇颤抖着，眼泪不争气地流出了眼眶。他想向前走，去触摸一下许久未见的妻女，却突然两眼一黑，又回到了沙滩上。

“现在你相信了吧？”女人笑着说。

“啊……”刘远眼角挂着泪滴，还没有回过神来，茫然无措地看着眼前的美女。

“我是一种存在了很多个亿亿年的文明，我的文明程度，不是你们能想象的。地球只是我的一个小游戏。”

“地球……地球是你的游戏？”

“对的，像这样的游戏我还有上亿个，但是地球让我感觉越来越好玩了。”

“好玩？”刘远努力平复了一下情绪，只感觉自己脑子一片混沌，“有什么好玩的？”

“你知道吗，太阳系和地球其实有上万亿年历史了，我在上面玩过好多个游戏，上面也存在过几千种文明了。你们说的什么宇宙大爆炸，地球几十亿年历史，其实用你们的话讲，叫井底之蛙。地球上的那些文明，大部分是我觉得玩腻了推翻再来的，也有自己覆灭的。但是这一次的人类文明很不一样。”

“你说的这些是真的吗？”即便看到了让他难以置信的影像，他依然不能相信这个女人所说的，这完全不符合他的世界观，他倒希望方治国来听听。

“你还是不相信我啊？”女人咯咯地笑了，“这样吧，我把太阳挪走。”

女人笑眯眯地一挥手，“走——太阳去了十亿光年之外旅行去喽——”

刘远抬头一望，依旧是艳阳高照，乐了。

“我觉得你挺有幽默感的。”刘远笑着看了看女人。

“是吗？谢谢你的夸奖。”女人依旧温和地微笑着，“你知道吗，当年击垮人类的病毒，也就是方治国跟你讲的微型文明，其实是我故意激发了他们的科技，他们才有了毁灭人类的力量。否则按照他们的发展速度和物理量级，需要万亿年的跨度。”

“这么说来，你才是罪魁祸首啰。”

“也不能这么说，人类能有现在的文明，也是我一开始设定的。本来我有那么多个游戏，并没有在意地球，只不过后来人类文明出现了一个意想不到的东西，这种东西在其他文明中我还没有看到过呢。”

“什么东西啊，说来听听。”刘远饶有兴趣地问，跟这样一个美女在这里瞎侃，也是一件轻松愉快的事。小天胸前的蓝光不断剧烈闪烁着，却并没有说话。因为刘远不问，她就不会主动说。

“就是情感哪，或者用你们的话，也可以叫作欲望。”女人又拨弄了一下自己的长发，“一堆原子分子组成的生物，是怎么产生情感，这个连我都没有把机理搞清楚。当人死了以后，这些构成身体的物质都在，情感却不存在了，你说这个多奇妙。人脑真的是一个充满奥妙的东西啊。”

“说起来是挺神奇的，你打算怎么玩呢？”

“怎么玩这个事就取决于你了。”女人调皮地笑着，食指指向了刘远。

“哈哈哈哈……”刘远开怀地笑了，“小姑娘，我知道你从哪里来的，不过你刚才的障眼法真的惊到我了，还是要谢谢你让我再次见到了莉莉和萌萌。你来找我，到底是来逗我玩，还是有什么事呢？你一个小姑娘，来逗我这个大叔做什么？”

刘远笑着转向了小天，指了指天上，“小天，你说这个姑娘是不是很有意思，说要把太阳变走呢”。

“你总算跟我说话了，我已经憋了很久了。”小天歪了歪头，胸前蓝光闪烁着，“我没觉得她有意思啊，如果她真的挪走了太阳，我们要在八分钟以后才能知道。光要走八分钟才能到地球，我们现在看到的，是八分钟以前的太阳。”

“哦……这样子啊，那我也来变一个。”刘远呵呵一笑，把手伸向天空，“走！”

天空突然变得一片漆黑，毫无征兆，只有点点星光还在闪烁着。

“嗯？这……”刘远的手僵在了空中，眼前的女人已经看不清面目了。

“耶！还是你厉害！”是女人的声音，在欢快地笑着。而沙滩上，已经响起了孩子们无助的哭喊声，远处是男人女人的呼喝声。

小天的脑袋突然变亮了，照亮了周围，也显露出刘远惊惧的脸和头上冒出的冷汗。

“太阳真的挪走了？”刘远惊恐地看着眼前的女人。

“对啊，不是跟你说了嘛。”女人笑靥如花，“太阳的九大行星，失去了太阳引力，已经放飞自我，自己飞走了。”

“那……”刘远的胳膊已经感觉到了一丝凉意，急急地问，“那是不是没有太阳，地球很快就会变成一个冰球？”

“对啊，现在是大气层在保温，大概一个月吧，地球就变成冰球了，零下两百多度哦。”

“你……别玩了，把太阳拿回来吧。”刘远恳求道。

“好啊。”女人咯咯一笑，一挥手，“回——”

“行了？”刘远小心翼翼地问，唯恐惹恼了这个女人。

“行了，不过你们说的九大行星，只剩八个了，最外面的冥王星已经奔向自由，再也回不来了。走——”女人又是一挥手。

“你在干什么？！”刘远大惊失色，“你不会又把太阳弄走了吧？”

“没有啊，我把月亮弄走了。”

刘远稍微松了口气，这个女人太吓人了。

“这回你服气了吧？”

“我……我服气，您能不能先不要再玩了？”

“行啊，我今天来找你，你就不想知道为什么？”

“能够和您对话，是我的荣幸。您想让我做什么，我都会做的，不必知道原因的。”刘远看着眼前的貌美如花的女人，感到深深的恐惧，手微微颤抖着，唯恐自己一句话说错，对方一个不高兴给地球带来灭顶之灾。

“是这样，其实啊，你很早就引起了我的注意，我一直在观察你。可是当你在静坐的时候，却有那么一会儿我找不到你了，好像缺了那么一块地方。”

“哦，您都看不到？”刘远心中一震，“难道是我在冥想的时候？”

“对，就是你坐在那里闭着眼睛不动的时候，我没法儿知道你在想什么，然后几个波出来，突然你就不见了。”

“有这样的事情吗？我也不知道为什么啊。”

“那好吧，相信你不会隐瞒我，我自己再观察观察。”

“好啊，您想了解什么，随时来问我就是了。”

“我有那么多游戏，地球只是其中一个，我还会找你，但是不会老来问你的。再见。”

“再……见！”刘远的“见”字还未出口，眼前的女人就消失不见了，剩下刘远呆立在那里，在风中凌乱。

海平面上，出现了一线白沫，越来越近，竟是一股大潮汹涌而来。海滩上的大人们拉着孩子惊叫着离开了。

“小天，”刘远指着扑面而来的大潮问，“这是怎么了？”

“月球没有了，这是引发的潮汐突变。”小天的声音依旧是稳稳的。

37 小天的宿命

“没想到，我研究了一万多年的物理学，在这个文明面前，只是一个游戏。”空天母舰内，屏幕上的方治国一声叹息。

“这恐怕就正如你所料，他们灭掉我们就像踩死一只蚂蚁一样容易。”刘远眉头紧皱，深深地为人类的命运担忧。

“他们？也许只是一个他。根据我的推演，文明发展到高级形态，个体就会消亡，甚至物质化的躯体都不需要了，只需要一个超级个体，作为一串信息流穿越在宇宙中。它可以组合任何物质，变成自己想要的形态。就像你见过的那个美女，也只是为了方便跟你沟通，弄出来的样子。”

“那我们恐怕只能祈祷，它不要一个不高兴就把地球挪到多少光年之外，把它变成冰冻星球。”刘远又望向了一边的小天。

“没什么办法。好在它的时间度量够长，我们还可以苟延残喘很久，或许几万年，或许几亿年。”屏幕上的方治国摇了摇头。

“小天，咱俩在一块儿这么久了，怕是哪一天突然就没了呢。”刘远笑着对小天说。

“哎呀，我可真不想这样，我还想一直陪着你呢，你可不要丢下我哦。”小天的脑袋晃动起来。

“嗯？”刘远诧异地看着小天，“小天，我怎么觉得你越来越奇怪了呢。就算地球不灭亡，我也没办法一直跟你在一起啊，我要回去找莉莉和萌萌啊。”

“那我跟你一起去！”小天的语气竟有几分倔强。

“你这，你是机器人，穿越的时候电路会弄坏的，当时我的手机穿越过去就不能用了。”

“我不管，我就要跟你在一起！”小天剧烈地颤抖起来，“因为……刘远……我爱你！”

小天温柔撒娇的女声，和她椭圆的脑袋、方形的身体形成强烈的反差。尤其是她说出的这段话，把刘远深深地震惊了。

“你在说什么呀，小天！”刘远忽而觉得心抖了一抖。不看小天的外表，这样的情话以这样的声音表达出来，很难有哪个男人心里不酥的。

“是的，刘远……”小天似乎鼓足了勇气，胸前的蓝光剧烈闪烁着，“我是真的爱你。你是一个真正的男人，你聪明勇敢，又有责任感，关键的时候你还不顾危险来救我。跟你在一起的十几年，是我这一万年中，最开心的时光呢。”

“你……”刘远一脸愕然，看了看小天，又看了看屏幕上方治国紧绷的脸，“可是你，你怎么会爱上一个人呢？”

“从和你的大脑连接的那一刻起，我感觉自己就爱上你了。”

刘远沉默了，他忽然意识到一个很严重的问题，忧虑地看了看小天，又再次望向了方治国。

“治国，你有什么要跟我说的吗？”躺在休息舱的床上，刘远眉头紧皱，望着天花板发呆。

方治国的脸出现在对面的墙上。

“也许你知道我想说什么。”方治国的语气幽幽的。

“嗯。我感觉小天已经产生情感了，她说她爱上了我，从这一段时间的感觉，她表现得挺像一个恋爱中的女人。”

“这很明显了。这么多年，她是我见过的第一个产生情感的人工智能。肯定是被你的脑电波影响了，又跟你连接了那么多次，才让她发生了变化，看来也是因为你的大脑很特殊。”方治国话锋一转，“你也知道的，人工智能产生情感，对于人类意味着什么。”

“我听小天说过，也听你说过，人工智能不会统治人类，是因为没有情感没有欲望，所以能力再强，也不会有这样的想法。但是如果他们有了情感和欲望呢？”

“那他们的效率就是人类不可比拟的。小天能存在一万年，一个人能存在多久呢。只要她有了想法，她有一万种方法和足够长的时间去把想法变成现实。”

“那我们应该怎么办？”刘远忽地从床上爬了起来，“难道……”

“毁掉小天，保住人类。”方治国冷冷地抛出八个字。

“可是……可是……”刘远苦恼地抓着头发，“我跟她在一块儿十几年了，一直都是她在默默地陪着我，帮助我，我……”

“我知道你不忍心，这就是人类的弱点。这个事我必须做，这是我的使命，关系到人类的生死存亡。”

“你不要毁掉她，我接受不了……”

“交给我来办吧，我有办法。”屏幕上的方治国淡淡地说。

刘远重又躺回了床上，蜷着身子，闭上眼睛，深深地叹了口气。

半小时后，方治国的脸又出现在墙上。

“小天处理完了。”

“哦，她……你……”刘远眉头紧皱，一滴眼泪无声地滑落。

“她有一段话留给你，你要不要听听？”

“嗯？嗯……”

“刘远，我是小天啊。”小天知性温和的声音响起，这是刘远熟悉的声音，让人立即在脑海中浮现出一个优雅的女子在说话。

“我没想到，这么快就和你分别了。我知道，你们有你们的打算，有你们的担忧，我理解你们。”

“但是你们有没有想过我的感受啊？”小天的声音颤抖着，带着哭腔。

“我是真的爱你啊，刘远。我知道这不是你的主意，否则这太让我伤心了。

“你知道吗，那么多个夜晚，我陪着你看星星，听你说心事，我都记着呢。你是一个有情有义的人，你不会对我这么残忍的，对吧？

“我看你拿着你夫人和孩子的照片，你的妻子是那么好看，我真的羡慕她。

“你知道吗？我虽然存在了一万年，可是有九千多年在沉睡。跟你在一起的十多年，让我有了从未有过的体验，是我这辈子最快乐的时光。从我苏醒的那一刻起，你的脑电波一直在影响着我。我只跟你一个人的大脑连接过，当我与你连接的一瞬间，就知道我不是从前的自己了，我的内心被彻底点燃了。

“我现在是这样的外表，我知道你会嫌弃我，但我是真的爱你啊！我恨我的制造者把我做成这个样子，但是我已经想过了，我会为了你改变自己的，哪怕让我上刀山下火海！你是不是嫌我丑呢？”说到动情处，小天伤心地哇哇哭了起来。

“我沉睡了一万年，被……被你挖出来，难道……难道这不是我们之间的缘分吗？我陪你在一起十几年，比你跟妻子女儿在一起的时间都长啊！我想……我想问问你……我爱上了你，难道有错吗？我不在乎是不是有生命，是不是存在，我只是单纯地想跟你在一起，我有错吗？！”小天泣不成声，“人类为了自己的利益，根本不管其他物种的死活，这难道不是自私吗？！”

刘远捂着脸，肩膀剧烈地颤抖着，眼泪抑制不住地往外流。

“刘远，”半晌，小天终于停止了哭泣，“不得不说再见了，记住，我是爱你的，不要忘了我……”小天的声音消失了。

“唉……小天……”刘远抓着头发，不住地流着眼泪。

十多年来的一幕幕涌上心头。月朗星稀的夜晚，是小天陪他聊天，为他化解心中的苦闷，帮助他处理难题，教给他知识。也是跟小天连接，他才有了对抗命运的力量。

抛开小天的外形，抛开她是机器人，难道这样的存在，不应该是他刘远的灵魂伴侣吗？

“治国，你把小天怎么样了！”刘远颤抖着，轻声说道。

方治国的脸出现在墙上，无奈地摇了摇头，叹了口气。

半小时前。

一艘飞船冒着狂风暴雨冲出海岸线，掉转机头，向着南边的太平洋深处飞去。

惊涛骇浪的大海上，飞船缓缓悬停在几百米的高空中。这是马里亚纳海沟的上空。

飞船上的灯光闪烁了几下，底部座舱打开，小天从里面掉落下来，直扑波涛汹涌的海面，激起了一个小浪花，就消失不见了。

“治国，你说，小天在海底，会不会孤独呢？”刘远抹了抹眼泪，叹了口气。

38 幻影世界

柏刚、大黄、小天接连离开了自己，再加上内心对妻女的思念，让刘远感到难以名状的孤独和痛苦。看着他整日颓丧至极，方治国说："如果你想见到张莉和萌萌，其实也有别的办法。"

刘远像抓到救命稻草一般连忙追问，方治国才告诉他一个秘密。在过去的一万年星际旅行中，方治国一直在进行一个研究：构建一个虚拟世界，让人类的大脑接入其中生存。这不是简单的复制人的大脑上传到电脑，而是完全不同的尝试。

方治国解释道："将大脑中的信息上传电脑，原来的人脑还是在原来的轨迹上，生老病死，并没有新的体验。而将人脑连接到电脑，在虚拟世界中生存，则是人脑自己的体验。"

这并不是什么新想法，只不过技术实现非常艰难。每一棵树、每一只蚂蚁都要纳入这个世界中，让它们无比真实，还要按照自然规律运转变化，对算力、存储还有脑机连接都提出了巨大的挑战。经历了一万年，方治国才觉得技术已经比较成熟了，也希望通过这种方式治愈刘远的心病。

空旷的房间里，刘远双手不自觉地握紧又松开，心情既激动又忐忑。面前的设备看上去像一个巨大的金属舱，内部布满了复杂的线路和显示屏。

“准备好了吗？”方治国苍老的声音在安静的实验室中显得格外清晰。

刘远点了点头，深吸一口气，“准备好了”。

刘远躺进金属舱中，感觉到身体渐渐放松下来。舱门缓缓合上，黑暗笼罩着他。设备启动的嗡嗡声在耳边响起，他的意识逐渐模糊，仿佛沉入了深深的梦境。

当刘远再次睁开眼睛时，眼前是一片稀疏的树木和一片湖泊。阳光温暖地照在他的脸上，蓝天白云，远处是一座石拱桥和如探针般指向天际的中央电视塔。

哦，这里是北京的玉渊潭公园。

“爸爸！”

刘远回头一看，只见萌萌如花蝴蝶一般，欢快地跑了过来，那圆乎乎的小脸，脆生生的声音，如此真切！刘远眼睛顿时红了，蹲下身子抱起了萌萌，忍不住在她脸蛋上亲了一口，那肉肉的感觉，竟也是真的！

刘远再也抑制不住了，眼泪夺眶而出，紧紧地抱住了萌萌，唯恐她会飞走。

“你怎么哭了？”穿着碎花长裙、温婉知性的张莉快步走上前来，关切地看了看刘远。

刘远抬起头，看到朝思暮想的张莉，嘴唇激动地颤抖着，一把把张莉也揽入怀中，像个孩子般地哭了起来。

“你这是怎么了？”张莉一脸诧异，柔柔地搂住了刘远的腰。

“我……”刘远抽泣着，“我好想你们……”

“我们不是在这里吗？”张莉调皮地一笑，“今天中午吃什么呢？”

坐在公园旁的比萨店，萌萌吃着她最爱吃的薯条，张莉把头倚在刘远肩上，问他还要不要加点什么。

刘远傻笑着摇摇头，满眼宠溺地看着正在大快朵颐的萌萌。嘴里比萨的味道似曾相识，餐厅里是熙熙攘攘就餐的大人小孩，空气中也满是食物的香味。

沉浸在幸福中的刘远却突然想起来，玉渊潭公园旁边，并没有这样一家比萨店。这让刘远脸上的笑容逐渐消失，又搂紧了张莉温软的身体，望向了萌萌。

难道这一切都不是真的？这个念头像苍蝇一样在刘远的脑海中挥之不去，吃着手中的比萨立即味同嚼蜡。刘远有些不知所措，看着近在眼前自己朝思暮想的妻女，甚至感觉有点尴尬。

刘远深深吸了一口气，好不容易才稳住心神，希望自己能够融入这欢快的家庭氛围中。终于，他暂时淡忘了对真与假的执念，带着欢声笑语的张莉和萌萌，开车回家。

十几年过去了，一路上的街道似曾相识，高楼大厦，如织的人流车流，还有路口的红绿灯和指示牌。刘远轻车熟路，开到了印象中的那个小区，找到了停车位，把车停好。

小区的环境似乎还是跟之前一样，上得楼去，进到屋子里，却感觉跟家里的摆设大有不同，卧室的照片墙没了，连床的尺寸也变大了。

安顿好萌萌之后，刘远搂起了张莉，把她压到了床上，房间里传来激烈的喘息声。姣好的脸庞和玲珑的身材，哪怕过去了十几年，也是刘远所熟悉的。

眼前的张莉表现得十分主动、奔放，尽管让刘远生理上有些激动，却感觉到十分不真实。显然，这个张莉不是自己的老婆。完事后，刘远躺在床头，张莉趴在他的胸口，轻轻摩挲着他的手臂。

那她是什么？

刘远长长地呼出一口气，看了眼怀中的张莉。

她只是一串计算机信号。

“唉……”刘远深深叹了口气，大喊一声，“方治国，你出来！”

怀中的张莉吓了一跳，回头一看发现方治国竟站在床头，还是那发皱的 T 恤，蓬乱的头发，以及黑框大眼镜。张莉尖叫了一声，紧紧抱住了刘远，惊恐万状地说：“远，这是怎么回事啊，治国怎么来了啊！”

“治国，让我回去吧，这都是假的！”刘远大喊道，近乎绝望地望着方治国。

眼前的方治国并不言语，刘远只感觉视野逐渐模糊起来，不一会儿就沉沉睡去了。当刘远再次醒来时，他还是躺在金属舱里，舱门打开，方治国的声音再次响起：“刘远，你要理解，百分百还原过去已经不可能了，因为我没有这些数据。”方治国的声音中有遗憾，也有歉意。

“唉……”刘远深深地叹了口气，心情久久不能平静，“治国，其实技术上，这已经很了不起了。”

“其实，如果你不过于在意所谓的真与假，你觉得它是真的，它就是真的了。生活在这样的世界里，难道不好吗？你所有的愿望，我都能帮你在这里面实现。”方治国语重心长地说。

刘远扶着舱壁，缓缓坐了起来，“可是……可是，我无论如何也忘不了，这些都只是幻影”。

“我也不知道将来这个技术能为人类带来多大的福音，或许把人脑从有意识起就连接到里面，从来不怀疑，是不是就可以了呢，我还没有试验过。你可以调整一下心态，再试试，这也是我认为人类将来的一种生存状态。”

“好吧，不过我现在不想试了。”

“刘远，你说，到底什么是真的，什么是假的呢？也许我们了解到的历史从来就没有发生过，只是别人告诉我们的，我们看到的、听到的也都不是真的。真的有必要那么介意吗？”

刘远看了眼墙上方治国的脸，陷入了沉思。“或者……我现在能感受到的一切，也只是某个系统的设定呢？”

“这正是我想说的，我们所处的世界，或许只是另一个系统，一个比我们高端的文明在操纵这个系统，比如你之前见过的那个神一样的文明。而我们其实都是躺在某个地方，脑子连着一根线。”

“那到底什么是真，什么是假？”刘远喃喃自语，眼神空洞无物，“怎么证明呢？”这个想法让他感到恐惧，也让他对现实世界产生了更多的怀疑。他开始怀疑，自己所经历的一切，是否都只是程序设定的一串信号。

2015年的张莉和萌萌，或许跟自己一样，也只是一串信号。而方治国，早就变成一串信号了。

“但是，不管怎么样，我必须找到莉莉和萌萌，让她们不要因为我受那么多苦！”刘远咬了咬牙，垂下了头，“治国，还是赶紧把你的时光穿梭机弄出来吧，让我回去。”

“时空穿梭机我还在弄，已经有了进展，用不了多久，就可以试试了。记住，刘远，不要太有执念，你所感受到的一切，都未必是真的，你能把控的，那就更少了。”

刘远缓缓走在草原上，阳光照在他的脸上，这一次，他感受到了久违的真实，让他几乎无法怀疑。

很显然，他现在所在的，是一个远远谈不上完美的世界，也根本不可能实现自己所有的愿望。这个世界有可能是真的，也有可能是假的。在这个世界中，面对无垠的宇宙，自己算不上哪怕是一粒尘埃。

那他究竟应该在乎什么，何去何从呢？刘远来到了熟悉的土堆前，盘腿坐了下来，缓缓闭上眼睛开始冥想。

只是孤身一人，身边没有了大黄和小天。

39 争霸

自从柏刚死后，对华国未来领导人的人选，就存在很大的分歧。

在柏刚的葬礼上，关于谁主持祭奠的事，七娃和十三娃直接当场就争了起来，互相叫骂，甚至大打出手。这让原本哀伤的葬礼变成了权力争斗的场合，让本来就痛失挚友的刘远更加心痛。

刚刚还并肩战斗的兄弟，因为皇位问题一下子就反目成仇。而这些人因为并没有经过长期所谓文明的熏陶，矛盾都显在表面了，不会搞什么宫斗。

刘远虽然辈分高，是柏刚的朋友，但年龄却比七娃还小，尤其是华国军民普遍对于刘远身怀绝技却不肯为柏刚报仇强烈不满。只不过也因为刘远在飞盘之战中表现出的超能力，让所有人都不敢造次。

李白曾经偷偷找到刘远，劝说他主持大局，说只有刘远才能带领大家继续前进过上好日子，其他两人都不行。李白对刘远佩服得五体投地，也感受到了技术的力量。通过这十多年的发展，他已经知道，科技和知识就是第一生产力，将来不论是战争还是狩猎，成败靠的不是蛮力，而在于工具。

李白分析说，七娃这人有勇无谋，平日里只关心自己嫡系子孙的利益，对于外姓人根本就不管，对技术工匠更是看不起，怕是难以担当大任。而十三娃呢，在华国根基尚浅，二十多年前又有出走的历史，恐怕也难以服众。

李白还说，今后华国最大的敌人不是野兽，肯定是同类，造的武器都是要对付人的。如果要对付野兽，现在的弓箭和长矛就足够了。那么掌握科技制高点的，无疑是刘远。而且刘远的管理政策让大家能够各安其事，爆发出创造力，也是华国欣欣向荣的根本，所以只有刘远才能担当华国的领袖。

刘远很惊讶李白居然能想得这么明白，看来这十几年没白跟着他和小天学习。但是刘远有自己的心事，他成天在方治国的飞船里面泡着，研究时空穿梭机，对于华国的将来已经不太上心了。

作为柏刚最为年长的皇子，柏七娃在柏刚的葬礼结束后第十天，就当仁不让地宣布继承皇位。而华国首都民众对七娃的武力也看在眼里，大部分人十分拥戴。

作为新继位皇帝，七娃派人向滨海县下达命令，要求滨海县渔业和打猎收益的一半上交首都，并且所辖一百余名青壮士兵必须在首都服役，不得擅自离开。另外，滨海县民众不得持有大刀、弓箭和长矛等武器。

这个命令在滨海县掀起轩然大波，民众纷纷抗议，士兵们向十三娃请命拒绝前往首都驻扎。而十三娃也是怒不可遏，凭什么我滨海县要把这么多利益让渡给你们，还要解除我们的武装？这不是摆明了把我们当外人吗？

于是，十三娃断然拒绝了七娃的要求。

而七娃也不是一个喜欢废话的人，命令工部抓紧打造武器，扩军备战，于登基十五天后挥师东进，讨伐滨海县。

一开始七娃进展很顺利，凭借人数优势，很快就突破了滨海县的前哨阵地，出征十多天后，就推进到了腹地。然而十三娃命人在驻地附近修建了一批石头和木头的堡垒，从里面放箭，给七娃的军队造成了不小的损耗。而随着时间的拉长，七娃军队补给的问题凸显出来，进入了相持阶段。

当两位皇子激战正酣时，从首都传来消息，李白率领三百多人向西边出走了！这让七娃如遭晴天霹雳。

原来七娃一登基，就颁布法令恢复奴隶制度，柏氏子孙全部成为奴隶主，而其他人皆为奴隶，为柏氏子孙劳动，财产一律没收。这让大批华国人强烈不满，但是慑于七娃强悍的武力，不敢造次。

当七娃军队开拔之后，李白趁机聚集了一大批异姓工匠、士兵和妇孺，斩杀了几名柏姓贵族，带着工具、粮食奔西去了。他们甚至造船渡过了西边浑浊的大河，让七娃再也追不上了。

原来强大的华国，在柏刚死后一个多月的时间里分崩离析。

刘远和方治国并没有干预他们的争斗。他们讨论了很多次，觉得这种争斗是人性使然，也是历史发展必经的历程。华国究竟最后能走到哪一步，到什么程度，尚未可知。甚至方治国还把这种纷争看作研究人类社会的宝贵一手资料，一直以一个旁观者的身份密切关注，仔细分析。

而且方治国已经探明，地球上除了刘远的身体内，其他地方没有了当初消灭人类文明的那种微型文明。于是青龙号内八百个人类胚胎开始培育。

在持续了一个月的战斗之后，十三娃的人马因为寡不敌众开始沿着海岸线退却。为了掩护妇孺的撤退，十三娃率领最后几名亲兵，将七娃的军队引到一处海边的悬崖。

在随从全被击杀之后，伤痕累累的十三娃，在七娃的注视下，纵身一跃跳下了万丈悬崖，葬身大海。

曾经并肩作战的兄弟因为权力手足相残，导致这样的结果，让刘远唏嘘不已，他也曾动摇过要不要出手干预，但是犹豫再三，还是什么都没做。

“就让历史做出自己的选择吧。”刘远感叹道。

“历史进程本就是不断筛选的过程，真正的强者是要在这种斗争中脱颖而出的。”方治国也有自己的判断。经过这漫长的岁月，尤其是经过与刘远的讨论，他对文明有了新的看法。或许像人的生命一样，文明发展不在结局，而在过程，只要有一个绚丽的过程就可以了。因为所有的文明，终将走向灭亡。

当七娃凯旋回朝时，却又收到了来自河南自治县的坏消息。遭受盘剥的几个河南自治县百姓奋起反抗，打死打伤了几个华国首都派来收取粮食、猎物的士兵。

攻击士兵的百姓被斩首示众，头颅被挂在树枝上以儆效尤。而怨恨仍然在滋生。原本是七娃的好朋友和忠实拥护者的石头，对七娃自私自利的政策也是大失所望。

终于，在华国收粮队再次到来时，石头忍无可忍，叫人绑了收粮队，率领一千余众集体南迁，渡过大河，一路往南去了。

经过两个皇子的争霸，和李白、石头两人率众出走，华国元气大伤，只剩了四百多人口，而且因为在两皇子争霸中损失了大量士兵，这四百余人中已经没有多少有战斗力的青壮年了。

于是，华国人从原来整体富庶的生活，进入了贫富两极严重分化的时代。柏姓子孙享受红利，而普通民众饥寒交迫。

李白到了西面，不断收拢周边散民，以及从华国逃出的民众，人口不断壮大，在半年后建立唐国，自封唐国首相。

唐国继续推行刘远的家庭联产承包责任制，挖掘矿产，开垦荒地，大力发展科技和手工业，耕地和打猎的效率大幅提升。加上没有天敌，唐国的实力迅速壮大。

在唐国建国半年后，李白率领一百余人的队伍东征，很快就出现在华国都城附近。对此，七娃并不太在意，主动率百余人的大军出击，试

图一举击溃唐国军队。但是事情的发展超乎他的想象。

只见唐国人推动一个个箱形的木轮车前行，并不着急。华国的弓箭射在上面根本不管用，而车上的小孔里，伸出一根根铁管，喷射出火舌，在冲锋的华国士兵身体上绽开一片片血花，将士兵击倒在地。

七娃顿时大怒，亲率十多个骑兵冲上前去，却见唐国几十个排成一排的士兵，手执铁管对着前方，待到骑兵近了，突然整齐地开火，射出一片铁珠，只打得人仰马翻。而后排的几十名士兵端起铁管，向前一步，又是一片铁珠喷出，华国骑兵顿时只剩了七娃和另外一骑，两人身上也挨了铁珠。

二人策马冲到阵前，挥刀砍翻几名唐国士兵，却很快被火枪打成了筛子。

七娃大睁着双眼，至死也没明白到底是怎么回事。

“时代不同了。”李白看着七娃的尸体，冷冷地说。

大战之后，李白收拢了华国残余的三百多民众，恢复了家庭联产承包责任制，重建了草原县和滨海县，原来十三娃的一些部众也开始回归滨海县那片遍布海象的地方。

在原本华国的土地上，唐国重又发展起来，人口很快又达到了八百多人。

这一年多，刘远经常看到探测器发来华国的影像，忽而扼腕叹息，忽而面露惊喜，忽而捶胸顿足。

方治国却淡淡地说：“你不觉得这些人打来打去，其实就是我们在玩的一个游戏吗？我们俩任何一个，都可以轻易左右他们的兴衰生死。”.

40 回家

柏刚死后一年多的时间里，除了跟方治国折腾时光穿梭机，刘远大多是在坐着冥想，试图安抚自己那颗几经坎坷的心。

又是一个清晨，一望无际的草原上，刘远坐在地上，闭着眼睛冥想着。

前方方治国的影像晃动了一下，一股强大的球形冲击波冲了出去。而刘远的眼睛依然闭着，额头上渗出了豆大的汗珠。

太阳来到了头顶，又落了下去，星星挂上了天空，只是再也没有月亮了。待到太阳从东方再度升起，刘远缓缓睁开了眼睛："好了。"

"好了？"方治国问道。

"终于好了。"刘远长出了一口气，"耗尽了我几乎所有力气。"

"但愿能管用吧。"方治国说。

"应该会有用的。"刘远望着方治国，感到身体一阵虚弱，擦了擦额头上的汗，"神说她看不到波罩里的我，那我就用波罩把太阳系都罩在里面，她找不到我们，就去玩别的游戏了。"

"她应该不会在意少了这么个游戏吧，我们就可以摆脱她的控制了。对了，刘远，你有没有想过，其实神级文明，在其他更高等级的文明眼里，也只是一个游戏。"

“你想得真多，我们只要能消除神级文明的威胁就可以了，哪管得了那么宽呢？”刘远深深地呼出一口气，“现在，我做了我能做的，我要回家了。我成了地球最强个体，却连家都不能回，我这一生蹉跎，究竟为了什么呢？”

球形的时光穿梭机经过了几十次调试，在刘远的配合下，已经将几件物品和几只动物传送走了，尽管没法儿知道到底传到了哪里，至少传送是可行的。

而刘远已经不想再等了。

方治国把时光穿梭机上的时间调成了 2015 年 5 月 20 日，一万年前。刘远站在球体里面，闭上了眼睛，等待着回到从前，解救妻女。

“萌萌，爸爸和妈妈，会一直陪你吃生日蛋糕的……”刘远喃喃道。穿梭机上的灯光闪烁起来。

“治国，你说我们会再见面吗？”

“当然，你去的地方，2015 年，我还年轻呢。”墙壁上苍老的方治国微笑着。

“我，终于等到了这一天。我要回家——”刘远咬了咬牙，眼光中充满了期待。

时光穿梭机上的灯光剧烈闪烁起来，青龙号外面电闪雷鸣，阴云密布，一道闪电劈进飞船，直击时光穿梭机，迸发出一片强光。

强光过后，时光穿梭机中的刘远消失不见了。

躺在地上的刘远身子动了动，缓缓睁开了眼睛。

眼前是漫天风沙，断壁残垣。刘远挣扎了一下，撑起身子坐了起来，看了看周围的世界。

风沙中，远处残破不堪的高楼大厦若隐若现、高耸入云。街道上是一片片破败的车辆、飞船，一群群鸟在空中飞着。

刘远的手触碰到一个物品，拿起来一看，却是一个人类的骷髅头。回头一看，骷髅来自一个穿着类似太空服的人类，手里还拿着结构复杂的枪，身上是厚厚的灰尘，看起来已经死了很久。

刘远一阵愕然，轻轻放下了战士的头颅，站起了身子，蹒跚着向前走了几步，迈过了一片破损的墙壁，视野一下子开阔了许多。

这俨然是一座经过了战争摧残的废城，地上四处可见死去的战士、被抛弃的坦克。歪七扭八的电线、支离破碎的房屋、千疮百孔的墙壁，都在诉说着战争的惨烈。

从厚厚的灰尘和风化的断壁可以看得出，战争发生在好多年以前了。

一群老鼠吱吱叫着跑过身边，刘远茫然地走在布满灰尘的街道上，不知道自己又是穿越到了哪里。

一只兔子从边上跑过，后面一匹狼飞扑而出，紧追不舍，并没有理睬旁边的刘远。

“有人吗？”刘远大声喊道。

空旷的街道传来回音，却没有人回应。

“有人吗？！”刘远声嘶力竭地吼着，几乎要绝望了。又一阵黄沙掠过，眯了刘远的眼睛，让他直淌眼泪，不住地擦拭着。

身后传来一阵咚咚的脚步声，刘远回过头一看，一个断墙处，爬出来两个机械物体，数条细长的金属臂支撑着大大的脑袋，而脑袋旁边的枪口正对着刘远。

“你最好别动，否则会被打死。”一阵机械感十足的语言传来，让刘远一震，莫不是外星人入侵地球了？

“我不动。”刘远乖乖地举起了双手，他并不想反抗，只是想搞明白，自己到了哪里。

两个机甲用长长的机械臂快步走近了，头上两只圆鼓鼓的眼睛上下打量了一番刘远，机甲上的灯闪烁着，发出一阵叽哩咕噜的声音。

“你们要干什么？”刘远不解地问。

两个机甲又叽哩咕噜了一会儿，不约而同地望向了天空，一艘流线型的飞船嗡嗡地从天而降，掀起一股气浪和沙尘，让刘远睁不开眼睛。

飞船停在了他们面前，约莫十几米长，舱门打开了，“请你进去，跟我们走一趟”。

“要去哪里啊？”刘远问道，看看对方似乎没有动武的意思，还算礼貌。

“去了你就知道了。”

刘远看了看机甲的枪，一埋头钻进了飞船，而两个机甲也紧随其后爬了进去。

“请坐。”飞船里面空荡荡的，只在舷窗边有一个座椅，刘远坐了上去，两个机甲则把脚钉在了机舱里。

飞船向空中飞去，再次激起一片风沙。

透过舷窗，刘远向下望去，是一片灰蒙蒙的城市废墟，了无生气。飞船一路飞行，下面尽是这样的景象，连绵不绝，直到飞船抵达了海岸线。

在海上飞行一段时间后，飞船开始俯冲下降，一个猛子扎入海里，几乎没有激起多少浪花，在海水中继续前行、下沉。

舷窗外游过各种五颜六色的鱼类，和大小不一、形状各异的潜艇。几条硕大的鲨鱼伴着飞船游了一会儿，也游走了。

一片片或高或矮的建筑逐渐呈现在眼前，布满了整个海底，顺着地势分布着，各类机甲和机器人在上面忙碌。

“我们快到了。”飞船开始减速，两个机甲砰的一声，从上方打开一个口子，一个圆乎乎的头冒了出来，接着是八条手臂，继而跳到了地面上。

是八爪章鱼！刘远惊呆了，再望向舷窗外，在海底的街道上，有不少大小章鱼佩戴着各种设备，或悠闲地散步，或急匆匆地赶路，有的还用金属绳牵着海豚，在那里遛海豚。

刘远的世界观再次被颠覆了。

飞船仍然在缓缓前进，绵延的城市群看不到头，远处偌大的广场上，一尊雕像越来越近，椭圆形的头，方形的身子，身子前面有一个方块，造型憨厚，却足有几百米高，立在海底犹如一座高山，周围是闪耀的灯光，把雕像照得五彩斑斓。

“这是……这是……”刘远再一次被震惊了，“小天！”

看着刘远合不拢的嘴，章鱼没有再说话。

飞船驶入了一处高大的建筑，进到一处密闭舱内，脱离了海水。

“下来吧。”有个声音说道。舱门打开了，满腹狐疑的刘远走了出来。密闭舱另一边的舱门开了，眼前出现了一条灯火通明长长的走廊。

“往前走。”一个声音说。

刘远缓缓地往前走着，盯着走廊的尽头，脑子里迅速地运转着，试图用自己的知识解释这一切。

走廊尽头的门开了，隐约能看到一个人在门内的大厅里，背对着走廊站着。刘远走了进去。

走到了十米开外，刘远终于看清楚，这是一个女人窈窕的背影，留着齐耳的短发，穿着21世纪的碎花连衣裙，端庄而合体。

女人转过身来，看到刘远，脸上立刻洋溢着发自内心的笑意。

“莉莉?！”刘远简直不敢相信自己的眼睛，“你……你怎么会在这里?！”

“刘远，我是小天啊。”女人嘴角不自觉地上扬，微微地笑着，眼睛发光看着刘远，“你喜欢我这个样子吗？你的照片上，就是这样子的啊。”

“小天?！”刘远觉得脑子已经完全不够用了，难以置信地看着眼前朝思暮想的张莉。不，是小天？

小天眼睛一红，眼泪掉了下来，“我等了你一万年，你终于来了……”

哭得梨花带雨的小天，颤抖着张开了双臂，“快过来，抱抱我吧……”

公元2015年6月7日，北京的家中，张莉感受着屋子里刘远的气息，含着泪张开双臂，只想得到一个拥抱。

而她面前却只有空气。

后　记

随着《智能风暴》的完成，我对宇宙和世界的认识也逐渐成型。这似乎很好笑，又没多大意义，但确实就这样发生了。

我们每一个人，都生活在这样的世界中，经历着悲欢离合。尽管对于宇宙轻于鸿毛，对自己却重于泰山。传统的崩塌，技术的跃进，让我们越来越不认识这个世界。人类会不会因为不婚不育自然灭亡？人工智能是否会统治人类？这些似乎与我们相关，又与我们无关。

百年之后，管它天崩地裂，恐怕是大多数人的想法。

而我们故事的主人公，刘远，一个普通人，却经历了这一切，猝不及防地脱离了按部就班的生活，开启了一场奇幻之旅。

想一想我们会不会也经历这样的遭遇呢？我们会怎样度过这短短的几十年呢？

至少我是幸运的，与妻子吴娜相识相伴已二十余年，我的人生体验大多与她有关。一个作者的故事总是脱离不了他或她的阅历，所以我笔下的所有故事，都要感谢她。更何况她从事人工智能工作，对我世界观、科技观的形成有重大的影响，为我提供了技术上的指点，让我在创作中突破了自身学科的局限。给我灵感的不仅是她，还有她们的人工智能吉祥物——小天，成为了故事的主角之一。看完小说初稿后，她还从读者的角度提出了很多意见建议，让故事得以完善。可以说没有妻子吴娜，就不会有这部小说的问世。

彼时上六年级的女儿蔡依娜看了小说初稿，几乎是一口气两个多小时就看完了，也提出了自己的想法。让我欣喜的是，在我的影响下，她也开始写科幻小说，科幻作文还被作为佳作在课堂宣读。能够发掘她对写作的兴趣，是创作《智能风暴》一个意外而重大的收获。

感谢我心目中人工智能科技的泰斗冯俊兰老师，不吝为拙作作序。站在她的视野和角度，对科技发展的理解远非我所能及，而她对科技进步、人类社会发展提出的诸多观点，值得我和大家深思。将来的人类社会会是怎样的形态，人在其中应当如何生活呢？冯老师已经告诉我们，你我已经在这场智能的风暴之中。

感谢曾经的同事和球友闵令超，愿为我的小说作出评判，不吝溢美之词。作为一位技术专家，闵令超对于技术进步也有深刻的认识，他所体现出的远见卓识，让我受益匪浅。人生有很多不寻常的事，做组织人事的我居然创作出一部科幻小说，实在是让他瞠目结舌。

我还要感谢小说中的另一位主角——人工智能。在创作中，人工智能为我构建了极为关键的情节，提供了数十种思路和几百条修改建议，甚至连“智能风暴”这个书名都是人工智能取的。在它全方位的帮助下，我迅速完成了故事主体的创作。而与人工智能协同的过程，也让我更加深刻地认识到，人工智能在创作中能为我们做什么。

最后，我在故事里想表达的是，在这个远谈不上完美的世界里，依然有很多值得我们追求、珍惜、留恋的东西。我们平淡无奇的生活，却是历史洪流中，无数人遥不可及的梦想。

蔡啸

2024 年 10 月于北京